VERÓNICA GERBER BICECCI
CONJUNTO VACÍO

NARRATIVA

EL JURADO SELECCIONÓ DE FORMA UNÁNIME A ESTE LIBRO COMO GANADOR DEL PREMIO INTERNACIONAL DE LITERATURA AURA ESTRADA 2013.

PARTE DE ESTE LIBRO SE ESCRIBIÓ CON LA BECA JÓVENES CREADORES DEL FONCA 2012-2013.

www.almadia.com.mx
www.facebook.com/editorialalmadia
@Almadia_Edit

Primera edición: julio de 2015
Primera reimpresión: octubre de 2015
ISBN: 978-607-411-180-4

En colaboración con el Fondo Ventura A.C. y Proveedora Escolar S. de R.L. Para mayor información: www.fondoventura.com y www.proveedora-escolar.com.mx

VERÓNICA GERBER BICECCI
CONJUNTO VACÍO

Ø

Literatura
UNAM · Almadía

A mi hermano, Ale, la otra mitad del conjunto vacío

Mi expediente amoroso es una colección de principios. Un paisaje definitivamente inacabado que se extiende entre excavaciones inundadas, cimientos al aire libre y estructuras en ruina; una necrópolis interior que ha estado en obra negra desde que recuerdo. Cuando te conviertes en coleccionista de inicios también puedes corroborar, con precisión casi científica, la poca variabilidad que tienen los finales. Estoy condenada, particularmente, a la renuncia. Aunque, en realidad, no hay mucha diferencia, todas las historias terminan bastante parecido. Los conjuntos se intersectan más o menos igual y lo único que cambia es el punto de vista desde el que te toca ver: la renuncia es voluntaria, el consenso es la menos común de las opciones, y el abandono es más bien una imposición.

Tengo talento para empezar. Me gusta esa parte. Pero la salida de emergencia está siempre a la mano así que también me resulta relativamente fácil saltar al vacío cuando algo no me convence. Emprendo la huida hacia la nada a la menor provocación. Por eso esta vez no quiero preámbulos, intentaré evadir el comienzo, ya tengo demasiados. Estoy cansada de los preludios y el único momento al que podría volver con cierta seguridad es a aquel desenlace, a ese rompimiento que lo cambió todo en primer lugar, que me convirtió en una desertora, en una compiladora de historias irremediablemente truncas.

Un buen día, sin previo aviso, desperté en el final. No me había levantado de la cama cuando, desde la puerta de la habitación, a punto de irse a dar clase, el Tordo(T) me dijo:

Ya no eres la misma de antes.

Estuve intentando entender qué quería decir con eso el resto del día y no pude salir de las sábanas. ¿En qué momento dejé de ser la que era?

Todo sonaba muy raro, incluso sospechoso.

Pensé que tal vez se trataba de su crisis de los cuarenta. Pero no. Poco después entendí que cuando alguien te dice: "Ya no eres la misma de antes", significa literalmente: "Estoy enamorado de alguien más".

Me quebró. El Tordo(T) me quebró.

Casi de un día para otro tuve que meter toda mi ropa en una maleta, escoger algunos libros, escribir una carta de despedida que nadie me pidió, llamar un taxi y volver al único lugar al que podía ir: el departamento de Mamá(M).

Había intentado olvidarme de ese tercer piso. De sus cañerías tapadas, sus platos y vasos desechables, del lavadero en la azotea donde enjuagábamos las ollas y sartenes de vez en cuando, de los electrodomésticos fundidos y del baño vaquero al que mi Hermano(H) y Yo(Y) nos acostumbramos como si viviéramos en otro siglo. Había dejado de pensar en su inevitable aspecto de laboratorio de paleontología: los panales de polvo; la colección de esqueletos que alguna vez fueron plantas, clavada en las macetas; las bolas de pelusa adheridas unas a otras formando extraños amortiguadores de peluche en las esquinas; los dibujos de cochambre en las paredes y techo de la cocina; la pátina gris de los vidrios, producto de infinitas capas de lluvia seca; y la serie de extraños microorganismos creciendo en los frascos abandonados del refrigerador.

Aunque hubiéramos podido pedirle a papá, nunca trajimos a un plomero, no contratamos a alguien para que limpiara, ni limpiamos nosotros mismos porque —estábamos seguros— ella dejaría algún rastro.

No hicimos nada.

La casa se quedó suspendida en el tiempo. Seguía tal como el día que dejamos de ver a Mamá(m).

Entré a mi cuarto y me metí debajo de mi viejo y fiel edredón de Humpty Dumpty. Descubrí muy pronto que aquel final abrupto hizo que las cosas volvieran al principio, a algún principio. O al menos a ese lugar en el que estaban tiempo atrás, antes del Tordo(t). Lo supe porque abrí los ojos en la madrugada y la escuché cruzando el pasillo, hablaba en voz alta esa lengua extraña e iracunda que nunca fui capaz de descifrar. Mi cuerpo se levantó automáticamente, me asomé desde la puerta de mi cuarto y lo único que había era la luz azulada de la pantalla de la computadora iluminando el pasillo. Pero ella no estaba.

A mi Hermano(h) siempre podía encontrarlo a altas horas de la noche en el estudio. Él tenía insomnio. Creo que hacer guardia era su forma de esperar a Mamá(M). Improvisó una conexión de internet con un cable telefónico y las contraseñas que la universidad le daba a papá; se conectaba solamente en la madrugada porque tenía miedo de que alguien lo descubriera duplicando el usuario. Yo(Y) despertaba repentinamente, no quería esperarla, pero mi sueño se había vuelto tan ligero que podía salir de la cama de un segundo a otro con cualquier sonido. Aunque nunca le pregunté, estoy segura de que mi Hermano(H) también la escuchaba. Seguí la luz y lo encontré ahí sentado, navegando; era como si nunca me hubiera ido, como si nunca hubiera vivido en casa del Tordo(T). Todo seguía igual.

Volviste, dijo mi Hermano(H).

No fue necesario contarle nada. La derrota es muda.

RANGMEBOO

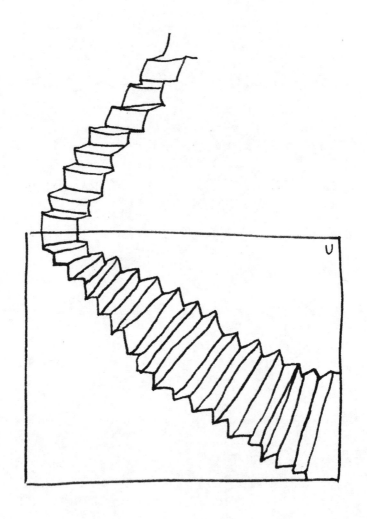

¿Cómo fue que llegamos aquí, a este punto? Todo se remonta a dos días antes de mi cumpleaños número quince. Invierno de 1995. Entonces Yo(Y) tengo todavía catorce años y mi Hermano(H) diecisiete, a punto de cumplir dieciocho. Era temprano en la mañana, estábamos saliendo a la escuela y Mamá(M) dijo que no. Dijo que era mejor quedarse en casa. Dijo que no prendiéramos la tele, que no prendiéramos nada. Dijo que había que guardar silencio.

Nunca cumplí los quince, y eso que ya habíamos encargado un pastel de chocolate amargo para una fiesta que nunca se hizo. Su interminable ausencia –la de Mamá(M)– se llevó todos nuestros cumpleaños, enredó el paso del tiempo.

No hay causa reconocible, sólo efectos. Corrijo: sólo una frontera en el espacio-tiempo, flujos turbulentos, entrecortados. Entre cortados.

Sólo una serie de pistas dispersas, sin sentido. Un conjunto que se va vaciando poco a poco. Fragmentos desordenados. Corrijo: añicos.

Repito: invierno de 1995.

Mamá(M) empieza a hablar de los árboles del parque. Dice que en las cortezas se ven rostros. Que todos esos rostros miran hacia la casa. Que todos esos rostros nos miran.

Nos ordena dejar de regar las plantas.

Si algo llegara a pasarme, dice.

¿Pasarte qué?, mi Hermano(H) y Yo(Y) respondemos en coro.

...

Después ya no logramos entender qué dice.

¿O es que no nos oye?

¿Qué dices Mamá(M)?

Así es como empieza a difuminarse.

Y al final ya no podíamos verla.

8 de agosto de 1976

Marisa:

He decidido cambiarte el nombre. En mis diarios te llamas Lina.

Nunca le he escrito a nadie las palabras que te he escrito a ti. Todas ellas designan cosas inasequibles, menos la referencia a tus zapatos verdes –que a lo mejor ni es cierta–, aunque el pisotón no lo olvido.

Si esto fuera sólo un juego de palabras, lo seguiría jugando hasta el final.

Te ama (había escrito "te amo" pero le agregué la colita a la *a*, en fin),

S.

Actuábamos como si todo fuera normal, pero al departamento, a casa, no entraba nadie.

Lo bautizamos como el búnker.

Una cápsula de tiempo donde todo permanece en perpetuo abandono.

Un sistema perfectamente cerrado que Mamá(M) construyó antes de desdibujarse, y que había logrado producir algún tipo de singularidad.

Mi Hermano(H) empezó la universidad poco después y Yo(Y) entré a la preparatoria. Papá tardó muchos años en darse cuenta de que Mamá(M) no estaba. A veces no estoy completamente segura de si se enteró, ellos no se dirigían la palabra desde el divorcio (o tal vez él es mucho mejor que nosotros actuando como si no pasara nada). Papá es un hombre metódico y difícilmente percibe algo ajeno a su rutina. Nos llamaba por teléfono una vez a la semana: los miércoles a las 2:45 pm, porque ese día en particular tenía unos minutos extra, y comíamos en su casa todos los domingos. Pero supongo que algo sospechaba porque siempre tenía listo un sobre manila con suficiente dinero para cubrir todos los gastos de la casa y nunca, nunca, nunca preguntaba por Mamá(M); en parte porque dejaron de hablarse y en parte porque siempre estaba ahí la novia en turno, con el ceño fruncido, deseando que mi Mamá(M), mi Hermano(H) y Yo(Y) no existiéramos.

No es que fuéramos magos, ni siquiera nos pusimos de acuerdo y el acto de invisibilidad se fue dando naturalmente. Bastó con no decir nada. Es fácil dejar que los demás llenen los huecos. Un gesto lo suficientemente ambiguo puede convertir el monólogo ajeno en una conversación imaginaria. El silencio es una variable que muta constantemente para que el otro decida si se trata de un sí, de un no o de cualquier otra respuesta.

Y en todo caso: ¿cómo escondes algo que no sabes dónde está?

También es sorprendente lo poco que se necesita para hacerle creer a todos que tu vida es como la del resto. Al principio nos hacían algunas preguntas pero, en realidad, nadie quería saber las respuestas. Luego simplemente dejó de importarles y, aunque hubieran preguntado, ya no teníamos respuestas. Nadie se acordaba de que no había visto a Mamá(M) en mucho tiempo. El olvido se instala sin remordimiento; es la memoria la que cobra las cuentas, la única evidencia de la omisión. Más que un par de ilusionistas, éramos como esos dos hermanos charlatanes del cuento de Andersen que, haciéndose pasar por tejedores, diseñan un traje invisible para el emperador. Les hicimos creer que Mamá(M) estaba ahí −aunque ni siquiera nosotros podíamos verla. Había cruzado una frontera que ni mi Hermano(H) ni Yo(Y) sabíamos cómo cruzar. Les hicimos creer que nuestra vida cotidiana era tal y como debe ser la de una familia divorciada. El búnker, por suerte, nunca produjo sospechas. Un lugar al que, por otro lado, no entró una sola persona en muchos años. El espacio que Mamá(M) debía ocupar estaba vacío, nos había dejado un pedazo de hueco, y el resto estaba fuera del Universo(U) visible, en un lugar desconocido.

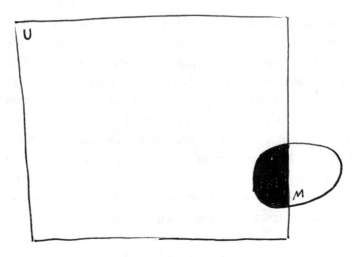

Estornudos y ojos llorosos. Cuando me preguntaron el motivo de mi viaje en el puesto de migración la voz no me salía. Había pasado las últimas diez horas pensando que tal vez le había comprado a Alonso(A) un boleto en otro vuelo. Pero no. Consideré quedarme sentada en el aeropuerto de Buenos Aires una semana entera hasta que llegara mi Hermano(H), y tomar con él un vuelo o un camión a Córdoba. Podía levantarme para comprar un jugo y un sándwich cada tanto, dejar el lugar apartado para ir al baño. No eran muchos días. Pero, después de un par de horas de ver el piso, decidí entrar a una oficina que tenía este cartel:

GLACIARES Y FIN DEL MUNDO
CINCO DÍAS Y CUATRO NOCHES
TODO INCLUIDO

¿Por qué no? Después tomaría el autobús a Córdoba para llegar a casa de la Abuela(A_B) el mismo día que mi Hermano(H), sin un peso en la bolsa.

Las puertas de la casa se llenaron de cerrojos. Las ventanas se cubrieron de loneta negra. Así estábamos a salvo de quién sabe qué.

¿Has visto a Mamá(M)?

No. ¿Tú?

Me asomo al escusado. Me pregunto si el torbellino de agua se la tragó. No.

¿Salió?

No.

Desde afuera el búnker es sólido, infranqueable. Adentro se vuelve cada vez más inestable e impredecible. Ayer me pareció verla, le digo a mi Hermano(H)... Pero no. No sabemos dónde está.

¿Entonces cuándo fue la última vez que la viste?

No sé. ¿Tú?

No sé.

Ya sé.

¿Dónde?

Estábamos en el desayunador.

¿Cuándo?

Tú tenías un plato de cereal.

Eso pudo ser cualquier día.

Mamá(M) venía caminando hacia su silla.

Ah, sí, con una taza llena de café con leche.

En lugar de un sorbo le dio un trago y se quemó.

No, eso fue otro día.

Fue ese mismo día.

¿Fue cuando escupió el café?

Sí, las gotas llegaron hasta el mantel, todavía están ahí.

¿Dijo algo?

Hizo señas. ¿O gritó?

No, ¡la taza se le resbaló de las manos!

¿Era la taza azul?

No, la taza que le regalaron hace un par de años.

Ah, ¿la que dice: STILL PERFECT AFTER 40?

Esa.

¿Dónde la habrán comprado?

No sé. Pero está maldita.

¿La taza?

Sí.

¿Al final sí fuimos a la escuela ese día o no?

Creo que no.

¿Y los restos de la taza?

HOJA DE OBSERVACIÓN III

LOCALIZACIÓN:	Azotea hacia el cielo.
FECHA:	1 de octubre de 2003.
CONTAMINACIÓN LUMÍNICA (1-10):	7, tarde.
OBJETO:	Nube.
CONSTELACIÓN:	Aeroméxico.
TAMAÑO:	Boeing 747.
HORA LOCAL:	18:30.
DIRECCIÓN:	Desconocida.
EQUIPO:	Telescopio.
FILTRO:	No.

OBSERVACIÓN:

NOTAS:

En algún momento me obsesionaron los aviones. Me parecían el símbolo perfecto de mi historia familiar. Los aviones nos habían separado y, algunas veces, volvían a juntarnos. También son lo más parecido que existe a una máquina del tiempo. Cuando aterrizo en Argentina, donde vive mi Abuela(A_B), siempre me parece que estoy en otra época o en una vida anterior, que apenas recuerdo.

Un par de *suspicacistas* profesionales, según mi Hermano(H) en eso nos habíamos convertido. Nos costaba mucho trabajo creer que los sucesos no tuvieran siempre un lado oscuro, un espacio sombreado que no alcanzábamos a ver y que, aún estando vacío, siempre significaba algo más. La gente suele decir que las cosas no son sólo o blanco o negro; Yo(Y) no estoy segura. El blanco y el negro no son más que problemas de luz, de totalidad y de ausencia de la luz. El negro es oquedad y el blanco plenitud, o al menos eso aprendí en la escuela de arte. No importa, el caso es que las cosas que no podemos ver no se ocultan en las mezclas grisáceas ni en el blanco ni en el negro sino en la delgada línea que separa esas dos totalidades. Un lugar que ni siquiera podemos imaginar, un horizonte de no retorno. Es en los límites donde todo se torna invisible. Hay cosas, estoy segura, que no se pueden contar con palabras. Hay cosas que solamente suceden entre el blanco y el negro y muy pocos pueden verlas. Algo así pasó con Mamá(M): una ilusión óptica, un misterio inexplicable de la materia. Y también con el Tordo(T) aunque, en este caso, reconstruir la secuencia fue relativamente fácil.

Lo último que me dijo fue:

Algo se rompió, no sé exactamente qué, pero ya no podemos seguir juntos.

¿Él no sabía qué se había roto?

Pero Yo(Y) necesitaba descubrirlo.

Así que repasé la secuencia de sucesos una y otra vez, corté minutos de aquí y de allá, y terminé por darme cuenta de lo obvio: siempre estamos haciendo un dibujo que no alcanzamos a ver por completo. Solamente tenemos un lado, una arista de nuestra propia historia, y el resto permanece oculto. No vale la pena contar los detalles del rompimiento, pero el proceso fue más o menos este:

Érase una vez una intersección YT

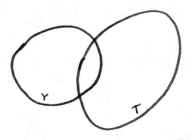

De pronto, en la intersección YT aparece un vacío

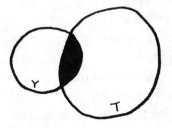

En realidad, el vacío es síntoma de una intersección TE que Y no puede ver

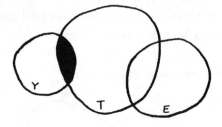

Entonces T se aleja con E y Y se queda con el hueco:

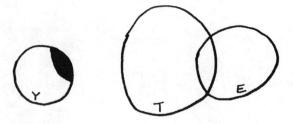

Yo soy Y, Tordo es T y Ella es E.

Conclusión: Yo(Y) era la única que se había roto, y no sé si todavía cargo con el hueco o si me falta un pedazo:

No me gusta definir la personalidad de alguien a través de sus retratos. Muchos lo hacen y es injusto: a nadie le gusta quién es en las fotografías. Pero como no lo conocía, y estaba involucrada con las cosas de su madre, no pude evitarlo. Me pareció que a Alonso(A) lo opacaba el atuendo y la actitud de estrella de cine de Marisa(M_x), era como si no le quedara otra que bajar la cabeza o taparse la cara con el pelo.

Me esperaba una larga y solitaria temporada en el viejo búnker. Mi Hermano(H) se mudó con su novia la misma semana que Yo(Y) volví. Le ayudé a llevar algunas cajas con libros y discos, dos maletas de ropa y su almohada. Hicimos un par de viajes caminando, el departamento nuevo quedaba a unas pocas cuadras. En el búnker había muebles repletos de objetos inútiles –y escarcha de polvo como si la fumarola del Popocatépetl hubiera echado ahí toda su ceniza–, pero no quiso llevarse ninguno. Habían pasado siete años y todavía intentábamos mantener el hechizo. Aunque ya no teníamos muy claro en qué consistía exactamente. La primera noche sola volví a escucharla hablando en la sala. La luz de la computadora ya no iluminaba el camino así que me guié con las paredes. Nadie. Regresé a la cama.

Tenía que ponerme a hacer algo, lo que fuera.

Era eso o volverme loca.

Después de un exhaustivo peritaje decidí que, de todos los problemas que tenía el departamento de Mamá(M), la humedad trasminando la pared principal de la sala era el más preocupante porque significaba que un flanco del búnker se estaba ablandando. El muro estaba inflado, la pintura hacía burbujas que se podían aplastar con los dedos. El exterior estaba obligando al interior a ceder. No quería que el búnker me succionara sin retorno, pero tampoco podía dejar que, después de tanto tiempo, el sistema colapsara. Me levanté al día siguiente con el firme propósito de solucionar el problema, busqué el teléfono de una maderería en la *Sección Amarilla* y pedí tres tablas de triplay —122 × 244 centímetros y media pulgada de espesor cada una— para tapar y reforzar la pared. Las tablas llegaron muy pronto y las volaron por el balcón porque no cabían por la puerta. Hice un espacio en el piso de la sala, entre los muebles, para trabajar. Pasé varios días lijando, resanando y volviendo a lijar imperfecciones hasta que quedaron completamente lisas. Sobre la capa de polvo de los muebles se fue juntando también aserrín. Al terminar me quedé frente a ellas como frente a un lienzo en blanco, aunque la superficie no estaba del todo vacía. Las vetas de la madera hacían un dibujo. Algunas eran más gruesas que mi dedo meñique, otras mucho más angostas. Recorrí con el índice una de su exacto espesor. No había mucho que pensar, solamente tenía que rellenar una forma dada sin salirme del contorno; era un pasatiempo de señora jubilada, pero implicaba un grado de concentración casi zen que podía ayudarme a matar el tiempo. Tenía un poco de pintura blanca y negra, dos "no colores", y sus mezclas posibles.

Mamá(M) le decía Lito a papá, de cariño. Alguna vez la escuché decir que ese era su nombre de revolucionario. Luego papá dijo que él no fue revolucionario y que no tenía nombre secreto, que solamente repartía volantes en las fábricas. En mi familia todos se desmienten unos a otros y al final sólo quedan hoyos. Peor: nadie quiere hablar de los hoyos. En la primaria entendí que en México vive mi "familia nuclear", y la idea me convenció porque imaginaba una explosión que nos esparció a todos por el mundo. Esa bomba, en nuestro caso, se llama dictadura. Y el estallido, exilio. Mamá(M) también confesó que papá estaba en la lista negra y después, indignada, dijo que todo mundo estaba en la lista negra. Ahí quedó. Lo que oíamos llegaba así, de forma desordenada, montones de anécdotas sueltas que en mi cabeza no eran más que puro caos.

18 de octubre

Solona:

Toyes doneanpla nu jevia a Natigenar a nif ed oña.

Em ríatagus eup gasven. ¿Éuq cesdi?

V.

No contestó.

El Tordo(T) es artista visual, pero le hubiera gustado ser escritor. Todos los días me inventaba un nombre nuevo, como si estuviera probando personajes en mí. A veces también me buscaba algún parecido con las actrices de las películas que veíamos juntos; siempre encontraba algo, algún detalle. Yo(Y), en cambio, quería ser artista visual pero casi todo lo pensaba en palabras. Mis compañeros en la escuela de arte decían que eso era muy raro.

El día que llevé al Tordo(T) al aeropuerto me presumió el tatuaje que acababa de hacerse en un estudio muy famoso de un tal "doctor" algo, Yo(Y) no conocía el lugar ni había oído hablar de ese tatuador, pero no dije nada. Levantó la gasa con cierta arrogancia, su hombro todavía estaba hinchado y tenía rastros de sangre seca. Era una vista cenital desde la que se le veía a él a medio camino sobre una cuerda. ¡Se había tatuado a sí mismo! Esa debió ser mi señal para emprender la huida. No lo hice. Me pareció genial el gesto tautológico (concepto que había aprendido hacía poco, en la universidad). Después, por supuesto, cambié de opinión.

En todo caso, me incumbía la metáfora de que él caminaba sobre una cuerda floja al mismo tiempo que empezaba a salir conmigo, pero la más perturbadora era la otra: que hubiera dos Tordos(T) en el mismo cuerpo. El tatuaje pudo ser un augurio y no supe verlo: él terminó, efectivamente, desdoblándose en dos. Tal vez me atrajo la idea de esperarlo en un extremo de la cuerda y que decidiera caminar hacia mí, no sé… Es obvio que no estaba viendo las cosas con claridad porque al final se fue para el otro lado.

Dos Universos(U).

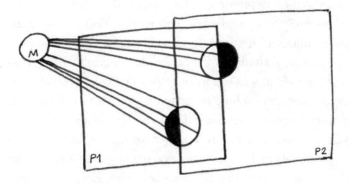

O, más bien, dos países:
Argentina(P_1)
México(P_2)
Y Mamá(M).
Tal vez si aprendiéramos a estar en dos lugares al mismo tiempo.
Mamá(M) encontró la forma de quedarse justo en medio, en un lugar donde nadie puede encontrarla.

Para olvidar a alguien hay que volverse extremadamente metódico. El desamor es una especie de enfermedad que solamente puede combatirse con rutina. Yo(Y) no lo sabía, lo descubrió mi instinto de supervivencia. Por eso empecé a buscarme actividades y a ponerles un horario. Me recostaba boca abajo sobre el gran tablón de madera toda la mañana y seguía el dibujo de una veta con un pincel lleno de pintura negra o blanca o gris. Dos o tres vetas por día, no más. Si intentaba pintar una cuarta me temblaba la mano y me salía de la raya. A veces tenía que usar un pincel de tres pelos, a veces una pequeña brochita. Era, sobre todo, un ejercicio de paciencia.

Mientras pintaba recordé a mi maestro de escultura del primer año de la carrera. Era japonés. Sus veinticinco años viviendo en México habían pasado en balde porque hablaba español como si acabara de llegar; es decir, casi no lo hablaba. Su mayor preocupación escultórica era que entendiéramos el ciclo de la vida. La primera clase nos llevó en metro a comprar cuatro gallinas a la Merced. En un bautizo pagano decidimos llamarlas *Klein, Fontana, Manzoni* y *Beuys*. Vivieron en una enorme jaula dentro del taller todo el semestre. Las sacábamos a pasear por los patios de La Esmeralda dos veces por semana, había turnos para darles de comer anotados en el pizarrón y algunos, no entiendo muy bien cómo, lograron encariñarse con ellas. Al final del semestre Mifusama Suhomi llegó con una olla gigante y mucho carbón diciendo que teníamos que matarlas. Se hizo un enorme silencio. Él mismo les torció el cuello y las desplumamos entre todos. Cocinó una sopa de la que todos teníamos que comer para completar el ciclo. Vida--muelte-vida, dijo. Nunca volví a comer algo igual. No sé si era un buen artista, pero tenía madera de chef. Y aunque su español era endeble, utilizaba las palabras exactas, tal como lo haría un *sensei*. Dos fueron más que suficientes para entender algo tan esencial y complejo como que las cosas empiezan, luego terminan, y luego vuelven a empezar.

Su clase era de lo más extraña: nos mostró qué es y cómo se hace el yeso, en lugar de enseñarnos a usarlo para hacer moldes y vaciados. De dónde viene el mármol, en lugar de darnos un martillo y un cincel. Con la madera sucedió lo mismo: Pala hacel tabla tliplay, álbol gila dentlo de sacapuntas gigante, viluta de tlonco aplastada en glan plancha. En esa clase me enteré de que las vetas de la madera cuentan con detalle las aventuras de un periodo específico de tiempo del árbol. Me gustaba creer eso, que cada veta de mis tablas me contaba una historia distinta para no tener que pensar en la mía. El área de cada veta corresponde a un anillo del tronco, y cada anillo puede corresponder, aunque no exactamente, a un año de vida del árbol. Después supe que hay una ciencia que estudia eso. La dendrocronología puede calcular la edad de un tronco siguiendo, del centro hacia afuera, el crecimiento radial de los anillos que se dibujan en él. Me hubiera gustado ser dendrocronóloga. Pero en las tablas de triplay no se ve la edad de un árbol. El gran sacapuntas giratorio rebana el tronco con un ángulo inclinado. Ese corte en diagonal lo desordena todo: en cada viruta hay distintos momentos salteados de la vida del árbol, no una cronología lineal y mucho menos concéntrica.

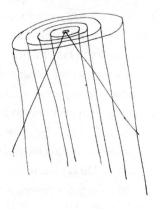

Mifusama Suhomi nos dio un lápiz y un sacapuntas a cada uno. Luego de varios intentos dijo: Viluta pelfelta, ahola ustedes. Tenía la forma de un cono. Algo muy parecido a eso es lo que después se aplasta y se superpone para hacer una tabla de triplay. En el búnker tenía tres paneles de madera con el tiempo desordenado y superpuesto. Ojalá eso fuera posible: desordenar el tiempo. Me gustaría inventar una ciencia que investigue la forma en que una tabla de triplay desordena el tiempo. Sería útil mover de lugar el momento en que suceden algunas cosas, poner los finales al principio, por ejemplo (o en cualquier otro lugar). O el pasado en un futuro lo suficientemente lejano para que nunca lleguemos al momento de enfrentarlo. En este tipo de disertaciones se me iba la mañana.

En el diálogo interior todas las palabras regresan como boomerangs.

¿Tenía novia? Hecatombe interior. Después de comer, Alonso(A) se levantaba de la silla y me dejaba en la mesa con la promesa de volver, pero tardaba demasiado y Yo(Y) terminaba yéndome a casa. Al principio creí que estaba en el baño, después me di cuenta de que se encerraba a hablar por teléfono. Me armé de valor y le pregunté a Chema cómo se llamaba la novia de Alonso(A). Mayra(M_Y), con *y griega*, dijo sonriendo. Sentí feo porque esperaba otra respuesta. Disimulé. Alonso(A) y Yo(Y) nos contábamos muchas cosas pero no me había dicho nada de Mayra(M_Y).

Esto pensaba:

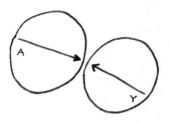

Pero la realidad es cruda:

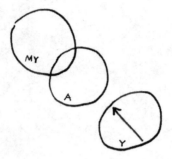

Violeta era mi amiga desde la preparatoria. Fue una de las pocas personas con quien crucé palabra en esos meses. Tomaba una clase de oyente en la UNAM que era exactamente sobre el tema de su tesis. También pasaba mucho tiempo estudiando en la Biblioteca Central para su curso intensivo de chino en el CELE. Se le había metido en la cabeza hacer una maestría allá, pero le iba a tomar unos cuatro años aprender el idioma. Me invitó a acompañarla a la biblioteca porque estaba preocupada por mí. No tenía nada mejor que hacer en las tardes así que acepté.

Ella era la que hablaba, Yo(y) no tenía ganas y, aún así, se las ingeniaba para convertir mi silencio en un rato agradable. No sé cómo me aguantó. A veces su novio también venía con nosotras. Eso era cómodo porque no me sentía culpable por no hablar. Él iba a la Biblioteca de Estéticas, estaba analizando un códice mixteco o zapoteco (nunca lo tuve muy claro) para su tesis de licenciatura. Solían discutir sobre mí. Yo(y) asentía con la cabeza pero no entendía casi nada; de pronto "mi situación" parecía un pretexto para hablar de otros problemas, que no eran precisamente los míos.

Las primeras visitas a la Biblioteca Central me dediqué a hojear libros, baboseaba por los pasillos, subía y bajaba varias veces todos los pisos con la convicción de que podía encontrarme con algo, aunque no sabía exactamente qué. En realidad me la pasaba imaginando un reencuentro con el Tordo(T), que él venía a buscarme arrepentido; rehacía la escena de cómo él me guiaba hasta algún anaquel escondido y me arrinconaba donde nadie nos viera. No era necesario inventar qué podría estar haciendo él en la Biblioteca Central o cómo se enteraba de que Yo(Y) estaba ahí. Lo importante era la reconciliación. Estas cosas pasan cuando no tienes nada que hacer. Luego empecé a desesperarme. Bueno, en realidad decidí que ese reencuentro (que desde luego nunca sucedió) iba a perder espontaneidad si seguía imaginando cada uno de sus detalles.

Finalmente se me ocurrió buscar títulos hipotéticos en la base de datos. Tal vez encontraría a alguien que ya hubiera escrito sobre todo lo que necesitaba saber en ese momento: *Aproximaciones para un análisis del tiempo en una tabla de triplay*, *El dibujo del tiempo en la madera*, *Vetas y tiempo: una teoría del caos* y combinaciones por el estilo que, desde luego, no arrojaron ningún resultado.

Cuando un suceso es inexplicable se hace un hueco en alguna parte. Así que estamos llenos de agujeros, como un queso gruyer. Agujeros dentro de agujeros.

Una postal junto a mi plato de sopa:

Ya era una costumbre que Chema me pusiera un lugar
en la mesa, así que bajé a las dos y media en punto. A esa

hora, Alonso(A) se asomaba en las ollas y sartenes mientras me platicaba lo que había hecho en el día. Era una invitación al Museo Tamayo con el pomposo título: *Poéticas de lo ilegible: Disgrafía, hipergrafía, letrismo y otras escrituras visuales del siglo XX.* Estaba dirigida a Marisa(M_x). Me dieron ganas de ir, a pesar de que el título fuera tan mamón y tuviera subtítulo de tesis. Como justo ese día no llegó a comer, no entendí si Alonso(A) me estaba invitando a ir con él. Por si las dudas me llevé la tarjeta, supuse que esa era la mejor forma hacerle saber que iría.

Mi horario era bastante sencillo: en las mañanas avanzaba en la tabla de triplay y en las tardes salía con Violeta. Los domingos todavía comía en casa de papá. Pero los sábados eran un peligro porque no tenía una rutina estipulada. El primer sábado que decidí salir de casa me encontré al Tordo(T). Habían pasado varias semanas, tal vez meses, desde mi mudanza. Mi presencia hizo visible el dibujo de un triángulo, aunque el Tordo(T) siempre negó esa figura. Me llamaban esporádicamente para hacer el registro de las exposiciones de una galería pequeña en la colonia Condesa. Supongo que era más barato pagarme a mí –total inexperta– que a un profesional con el equipo necesario. Llegué temprano, monté mi tripié y me puse a tomar las fotos; el lugar estaba vacío. El Tordo(T) sabía perfectamente que Yo(Y) hacía ese trabajo porque él mismo me lo había conseguido. Al rato me di la vuelta y ahí estaban, cruzando la entrada agarrados del brazo como dos personas que han compartido una vida juntas. Aquí tendría que dejar un espacio en blanco de tres líneas, esa forma se me ocurre que podría tener un momento de tanto suspenso: tres líneas y media en blanco. Pero sería darle demasiada importancia.

Ella(E), a diferencia de mí, sí era fotógrafa profesional. Y desde que el Tordo(T) la conoció no paró de traerla a cuento. Eso era sospechoso, pero no llegué a atar los cabos a tiempo. Todavía no entiendo como un: "Le robaron su cámara y no le importó, siguió bailando" o "No me convence del todo su discurso visual, es oportunista", podrían causar desconfianza. Hasta ese preciso momento en que los vi frente a mí, caí en cuenta de que nunca me la presentó directamente, sólo la señaló a lo lejos. Lo raro fue cuando Tordo(T) insistía con: "En ese video esta chava se hizo un corte de pelo que le alborota lo fea". Debería haber levantado en mí alguna suspicacia que le "pareciera fea" una mujer que evidentemente no lo es, pero al parecer por primera vez en mi vida no estaba siendo *suspicacista* y no fui capaz de darme cuenta. Eso es lo más terrible, que no pude ver algo tan obvio.

Tendríamos que aceptar −quise decirles para romper el hielo, pero no me salió la voz− que si unimos con líneas rectas las distancias entre nosotros, el dibujo resultante se parecería más a un triángulo que a cualquier otra figura. Nos quedamos los tres ahí, paralizados. Tuve tiempo de analizar y medir, se trataba de un triángulo isósceles, aunque un poco deforme: el cateto que los unía a ellos era mucho más corto que los que compartían conmigo. Así es siempre, supongo. Hola, hola. Adiós. Adiós. Ellos salen de escena, Yo(Y) me quedo parada en el mismo lugar, como un árbol. El triángulo se estira, se estira, se estira, pero no se rompe.

Me niego rotundamente a formar parte de esa configuración triangular que ellos me impusieron. Prefiero pensarme como un cono, algunos dicen que un cono es un triángulo que gira, tanto mejor. Un cono también puede ser una serie de círculos que resuenan, de pequeño a grande, el más pequeño sólo un punto. O una viruta perfecta de tiempo. Así el mapa de la situación, o mejor dicho, el Universo(U) en el que estaba atrapada, podía verse de otra manera. Lo que queda de mí también podría parecer una rebanada de pay, Ella(E) y el Tordo(T) no son más que triángulos:

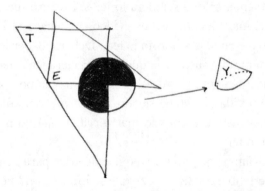

Después de ese encuentro se me ocurrió poner solamente una palabra clave en el buscador de la Biblioteca Central: *triángulo*. Apareció un libro en inglés: *How Does One Cut a Triangle?* El título parecía predestinado, era justo eso lo que necesitaba. Pero la base de todas las soluciones para cortar triángulos, además de imposibles, resultaban en más triángulos. No estaba del todo segura de qué buscaba exactamente, pero sí sabía que no quería resolver mi problema de triángulos con más triángulos.

"Ojalá los telescopios no miraran sólo hacia el cielo, sino que pudieran traspasar la tierra para poderlos encontrar...", dice una mujer con una pequeña pala en la mano en medio del desierto de Atacama. Así empieza el documental que mi Hermano(H) y Yo(Y) vimos en un pequeño cineclub. Ella y otras tantas llevan décadas buscando los cuerpos de sus desaparecidos. En ese mismo desierto hay enormes telescopios que ven y escuchan lo que pasa en el resto del Universo(U), que ven y escuchan lo que no podemos ver y escuchar.

Así se vería con un telescopio, por ejemplo, la Tierra desde Júpiter:

(Tal vez incluso más chica).

Estas mujeres han encontrado restos de calcio de los huesos de sus muertos. Los astrónomos, en cambio, se dedican a medir el calcio de las estrellas. Nosotros (mi Hermano(H) y Yo(Y)) tenemos otro tipo de problemas con el calcio: cartones de leche que ni él ni Yo(Y) nos tomamos, pedazos de queso que desaparecen del refrigerador sin siquiera probarlos.

Más o menos así se ven las estrellas desde la Tierra en un día despejado:

Todo en el Universo(U) está hecho del mismo material, incluso el tiempo.

Desde un avión una persona se vería más pequeña que esto (o tal vez no se vería):

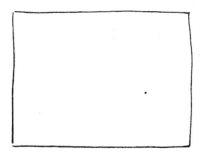

El cuerpo de su esposo está ahí o al menos sus restos de calcio, esa mujer lo sabe. Pero es como no saber nada porque el desierto de Atacama es inmenso.

Varias personas se verían más pequeñas que esto desde un avión:

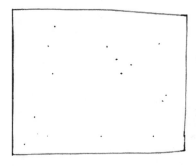

Los astrónomos tampoco saben gran cosa, por eso construyeron telescopios.

Dicen que cada respuesta a una pregunta es una nueva pregunta. Eso también es algo que nos une: ni los astrónomos, ni las buscadoras de desaparecidos, ni mi Hermano(H) ni Yo(Y) sabemos nada. Todos estamos buscando huellas o haciéndonos preguntas.

Todos estamos esperando que por fin aparezca eso que no podemos ver.

Aquí es donde esta historia termina.

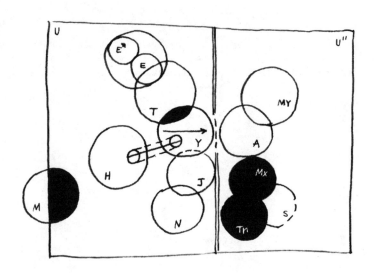

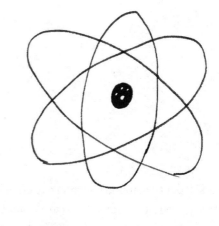

La siguiente semana escribí *cono* en el buscador de la biblioteca y elegí tres libros: *Cono de sombra*, *Determinación del espesor del filete de tornillo sinfín derivado del cono*, y *Reconstrucción histórica del cuaternario en la vegetación del cono sur de América: una invitación al enfoque interdisciplinario*. Los poemas del primero me decepcionaron enseguida. Puse un dedo al azar en cualquier página y leí:

> *Coloca esta raya sobre el punto exacto*
> *y hagamos el amor en clave Morse.*

Solté una carcajada y se me cayó el libro al suelo; un par volteó a verme pero nadie pareció molestarse. El segundo tenía diagramas y muchas fórmulas; estuve un buen rato estudiándolas, quería entender todos esos números, letras, paréntesis y signos, pero no pude. Logré deducir que el "filete" de un tornillo es la serpentina que tiene enroscada en el cuerpo. En otras palabras, es lo que lo hace diferente de un clavo y —de esto no estoy muy segura— el cono es la cabeza del tornillo. En cualquier caso no tenía ningún sentido intentar entender. El tercero era una revista de biología. Ahí leí por primera vez sobre mi vocación oculta; encontré la palabra clave: *dendrocronología*. Sonreí. No, no es cierto. Fui a buscar la palabra *dendrocronología* en un diccionario, leí la definición y fue entonces cuando sonreí.

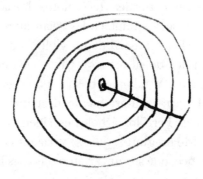

A partir de ese hallazgo, me decidí a trabajar en la Biblioteca del Instituto de Biología. Supongo que Violeta y su novio no entendían muy bien cómo fui a dar a ahí si había estudiado artes visuales, pero me daban por mi lado porque lo importante, desde su muy particular perspectiva, era "apoyarme". Yo(y) tampoco entendía del todo qué hacía ahí. Quería investigar la idea de tiempo en las tablas de triplay. Quería encontrar una forma de entender cómo este se transforma en sus vetas y cortes cónicos. La dendrocronología era una forma de estudiar el tiempo y el espacio sin subirme en un cohete o resolver ecuaciones de física cuántica. Curiosamente, fue un astrónomo quien descubrió el lenguaje de los árboles. Andrew Ellicott Douglass había errado el camino, igual que Yo(y). Él estudiaba las manchas solares y terminó dedicándose a estudiar los anillos de los troncos para ver si podían decirle algo sobre el sol. No se trata solamente de saber su edad, en los dibujos de la madera se queda marcada la historia de su bosque. Los árboles guardan las cicatrices de los incendios y de todo tipo de desastres naturales: terremotos, huracanes, enfermedades. Los insectos también les dejan marcas. Se puede corroborar, incluso, la edad de un violín o un mueble midiendo los anillos de su madera. Un tronco es la bitácora de un ecosistema. Y talar un bosque no es solamente una tragedia ecológica; es, literalmente, destruir un archivo de datos históricos. Pero los árboles escriben en un lenguaje que no se ve. Me pregunto cómo se vería mi vida en el interior de un tronco, qué significarían todas esas líneas, nudos y circunferencias.

Me pregunto cómo se dibuja en su idioma una colección de principios truncos, un final abrupto o una desaparición.

12 de septiembre de 1976

Marisa:

Cada veinte minutos me pregunto si llegará alguna carta tuya. ¿Ya nunca me vas a escribir? Han pasado cincuenta mil años desde que recibí la última. No importa. Ya te lo había dicho una vez: si no quieres no me escribas. Pero tengo derecho a decirte algunas de las cosas que hago, como llevar el calendario al revés, no por los días que han pasado sino por los que faltan (para verte, claro).

¿Sigo esperando señales de vida o me presento en tu casa sin invitación?

S.

Al otro lado del parque, hacia el que daban las ventanas del búnker, había una fiesta. Ana me invitó y fui solamente porque no encontré un buen pretexto para no cruzarlo. Ana fue compañera de mi Hermano(h) en la escuela, pero también era mi amiga y me invitó a la reunión debido a mi reciente soltería y, desde luego, a la suya. En realidad sólo entramos juntas a la casona y después no le vi ni el polvo. Era una especie de hostal para extranjeros que tenía carteles con instrucciones en inglés por todos lados: en el fregadero, en el baño, en el refrigerador, en la mesa de la sala. Un calendario enorme con los días de limpieza, los turnos para sacar la basura, para usar la lavadora, los días de pago…; cosas que solamente había visto en series de televisión y que me hicieron sentir que mi rutina era demasiado elemental. Un último cartel, decididamente temporal, colgaba en el patio:

¡BIENVENIDOS! / WELCOME! / WILLCOMMEN!
ANDREAS Y JÜRGEN(J)

Dos alemanes nuevos en la casa que estaban en México para hacer sus prácticas profesionales en el despacho de arquitectura donde trabajaba Ana. Me gustó su nombre: Jürgen(J). Era alto, más alto que Yo(Y), a diferencia del Tordo(T). Estuvimos parados uno al lado del otro toda la noche. Él tampoco conocía a nadie y Ana raptó a Andreas, su único amigo. No hablaba español y Yo(Y) no quise hablarle en inglés. Cada vez que se me terminaba el vaso de vino, Jürgen(J) iba por la botella y lo rellenaba. Yo(Y) le sonreía, él me sonreía. Lo único que le dije en toda la noche fue: ¿Dónde está tu cuarto? Subimos la escalera principal, luego una anexa de caracol y cruzamos un pasillo muy angosto con varias puertas. La última era su cuarto. En el trayecto me di cuenta de que estaba bastante mareada. Sus maletas todavía estaban sin deshacer. Se quitó la camisa y los zapatos. Yo(Y) curioseaba los tiliches que otros inquilinos habían dejado en los anaqueles. Se acercó por detrás y me besó la nuca. Estiré mi brazo de espaldas, le desabroché el pantalón y metí una mano debajo de su bóxer. Murmuró algo en alemán en mi oído. Me dio la vuelta, uno frente al otro, me levantó en el aire, mi falda se infló como un hongo —ese instante se quedó cincelado en mi cabeza durante varios días— y me llevó contra la pared. Fue contra la pared. Él no sabía mi nombre y Yo(Y) tampoco sabía hablar su idioma. Después nos recostamos sobre el colchón. Él se quedó dormido, Yo(Y) me quedé viendo el techo un rato largo.

De una *Lonely Planet Mexico*, tirada en el piso a un lado de la almohada, salía el pedazo de una cara. En la parte que se ocultaba dentro de la guía estaba él dándole un beso a esa cara. Atrás había una fecha bastante próxima y decía algo más pero no supe qué. Alcancé a leer la firma –Nadia(N)– pero no sentí nada. En realidad sí sentí algo, algo raro. No eran celos, solamente la sensación de desaparecer; mi cuerpo se hacía transparente. Yo(Y) no existía ahí, porque definitivamente ahí no existía. Y eso, en realidad no era un problema porque no quería existir ahí, lo que me preocupaba era no poder existir en ningún lugar. Pensé en el equipaje de Jürgen(J). Sus dos enormes maletas llenas de cosas que no tenía dónde poner. También pensé en el "equipaje" con el que Yo(Y) llegué esa noche a su vida. Éramos dos extraños ayudándonos a cruzar la calle.

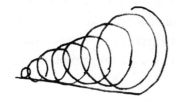

Desperté sintiéndome culpable, efectos del vino, supongo, y estuve toda la mañana evitando llamarle al Tordo(T). Me decidí a deshacer maletas y cajas para terminar marcando de memoria a su celular. Contestó sin preámbulos:

¿Qué pasó?

Hola... ¿Cómo estás?

Bien, ¿qué pasó?

Es que estoy cayendo en cuenta de que olvidé algunas cosas y...

¿Por qué no te llevaste todo? Nadie te correteó.

No sé, Tordo(T). Empaqué dos años en una hora y...

Aquí no puedes venir. Dime qué te falta y te lo llevo a algún lado.

Creo que lo insulté. Luego colgué.

Vi el cuarto de Mamá(M) al fondo del pasillo, cerrado. ¡Cómo era posible que Tordo(T) no me dejara entrar a mi propia casa! Tal vez esa ya no era mi casa... Abrí la puerta. Tal vez él ya no era mi casa. Me metí a la cama de Mamá(M) y busqué el control remoto de la televisión en su mesita de noche. Había una hoja de papel bond escrita de su puño y letra con pluma fuente. Entré en la cueva y descubrí un jeroglífico:

El amor siempre nos demuestra la circularidad del mundo

No tenía punto al final y había unos garabatos redondos en la esquina de abajo como si hubiera probado la pluma o se hubiera quedado pensando. Su historia, como esa frase, se había quedado suspendida. El papel estaba anclado a una piedra caliza que le traje de un campamento. Era el mejor espécimen de una colección de hallazgos que había juntado desde que era niña: gris como cualquier otra, pero con una línea blanca de sílice que formaba un círculo casi perfecto. Me quedé estudiando el documento el resto del día con el ruido de la tele de fondo. No pude entender qué quería decir.

No se veía casi nada:

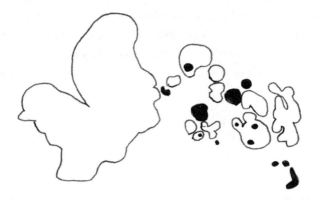

El telescopio estaba en el baño de Marisa(M_x), y desde ahí no se podía enfocar nada más que el muro de enfrente. Hubiera preferido ver estrellas y planetas, pero me acostumbre a las fisuras y resquicios de la pared; a ratos buscaba ahí posibles constelaciones, agujeros negros y formas de vida:

Cuento ciento trece vetas en la primera tabla de triplay. Después de rellenar setenta y tres (salteadas), se empieza a ver una especie de mapa: líneas, islas y nudos. A veces, las enormes tablas tiradas en el piso también me hacían pensar en el océano. Tal vez porque las tonalidades de grises, blancos y negros de pronto se tornaban ligeramente al azul. A algunos frascos de pintura les pasa eso, el negro suelta una tonalidad azulada casi imperceptible. Mamá(M) contaba que vio el mar por primera vez a los diecinueve años, se escapó a Mar del Plata con unas amigas. Si fuera posible ahora mismo, Mamá(M) estaría viviendo en una casita a la orilla del agua en algún lugar remoto. Cuando estaba enojada o harta de nosotros solía amenazar con dos cosas: "Los voy a regalar a los gitanos" o "Un buen día me iré al fin del mundo donde nadie pueda encontrarme"; quizá había cumplido con su promesa.

Si hubiera podido elegir la ciudad donde nací, diría que soy de Garabato, una comuna en la provincia de Santa Fe, Argentina. Nunca he estado ahí, pero me encantaría tener ese gentilicio: garabatana; habitante de un pueblo mal trazado e ilegible.

Mi Hermano(H) viene de visita al búnker. Trae en las manos una gatita negra, apenas nacida. Después supe por el portero que había seis crías más en medio del parque, y que una vecina les buscó casa; pero esta gatita, la séptima, se había aventurado a encontrar una ella sola. Cruzó el parque, la calle, y se acurrucó en una jardinera frente a la puerta de mi edificio para tomar el sol. Cuando la puso en el suelo fue directo a merodear entre los botes de pintura y, sin darse cuenta, metió la cola en la blanca; la mancha se le quedó varios días. Mi Hermano(H) se quedó parado un buen rato mirando mis tablas. Ya había empezado a pintar la segunda.

¿Todavía no encuentras trabajo, verdad?

No pude contestarle nada, ni siquiera había buscado uno. Estaba inmersa en mi investigación. No tenía caso explicarle del tiempo y los conos, ni mucho menos mostrarle que la pared del búnker se había ablandado y cómo lo iba a solucionar. Tampoco le conté de la nota en el cuarto de Mamá(M).

Deberíamos ir a Argentina, me dice de la nada (todavía mirando las tablas).

¿Y eso?, tardo en contestar (al parecer producen un efecto de trance).

No sé, se me ocurre...

¿Cuándo? (como un mándala).

¿A fin de año?

Va (pero sin colores).

¿Y cómo vas a pagar tu boleto si no tienes chamba?

No contesté. De alguna manera conseguiría el dinero.

El Tordo(T) no iba a llamar. Tampoco me llamó después de besarnos la primera vez. Maldita sea. Prometí que no recordaría el principio. Pero, en realidad, ese no fue el único principio. Nuestra historia empezó varias veces y terminó sólo una, es por eso que todavía no logro entender cuál de los comienzos fue el que se acabó. Esperé varias semanas y nada. Entonces le escribí una nota y la llevé conmigo hasta que me lo encontré en una inauguración y me las arreglé para dársela discretamente. Preferiría no intentar recordar lo que decía, tenía diecinueve años, el año 2000 estaba por terminar y me había enamorado perdidamente con un beso (él estaba borracho); creo que eso explica suficiente. Tampoco me buscó después de la nota. Cuando le pregunté por qué no me había contestado dijo que era complicado. Siempre pensé que él tenía miedo. Al menos eso me pasó a mí. Pero lo complicado era que él estaba en medio de un divorcio.

Me lo encontré de nuevo en una fiesta de sus alumnos hasta empezado el siguiente año y me contó que se iba a

Nueva York una temporada. Sentí un nudo en el esófago. Le ofrecí llevarlo a su casa y, cuando nos despedimos, me dijo que le había gustado mucho lo que escribí y puso su boca, otra vez, sobre la mía; metió su mano bajo mi blusa, y luego su lengua entre mis dientes. Vivía en un pequeño cuarto con baño; había que esquivar cajas para moverse hacia cualquier lugar y la cama estaba abarrotada de cuadernos. Nos hicimos espacio tirándolos para todos lados. Era cierto que se iba, casi todo estaba listo. Parecía que la historia, otra vez, no iba a empezar.

Esa noche dormí sin pijama por primera vez en mi vida. En la mañana puse un jarro con agua para té negro en la parrilla eléctrica y después volví a la cama con una taza en cada mano. El Tordo(t) me había estado mirando. Me avergoncé y tiré buena parte del té en la almohada, luego me escondí bajo las sábanas. Él me descubrió la cabeza y metió sus dedos en mi cabello.

¿Por qué no vienes conmigo?

Mi cuerpo empezó a temblar por dentro.

No pude contestar y al rato me fui.

Pero esa noche volví a buscarlo; le dije que sí y le di un aventón al aeropuerto. Fue en ese preciso momento cuando me presumió su tatuaje nuevo. Se fue y luego nada. En sus cartas decía que me estaba esperando. Viajé en el verano.

Me recosté en su regazo todo el trayecto que hicimos en taxi del JFK a Brooklyn. Solamente podía ver pedazos de puentes, el cielo, algún semáforo. En el camino dijo que quería presentarme a un par de amigos, y que había quedado de verse con ellos más tarde en un bar. Por un momento imaginé la escena en la que no me dejaban entrar porque no tenía veintiún años. No supe qué decir, era obvio que no tenía la edad para vivir la vida que estaba viviendo.

Subimos por las escaleras dos pisos; el Tordo(T) cargaba mi maleta con una mano y se las arregló para meter la otra entre mis piernas. Fuimos directamente a la cama luego de cruzar la puerta. Considero ese el tercer comienzo con el Tordo(T). Empecé a llorar como una niña cuando lo sentí dentro de mí. Estaba aterrada como nunca, pero no quería estar en ningún otro lugar en el mundo más que ahí, con él. Terminamos al mismo tiempo (YT) y nos abrazamos muy fuerte. Ese tipo de señales eran las únicas que podía ver en aquel entonces:

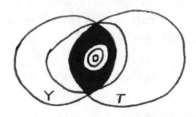

La novia de mi Hermano(H) me ofreció un trabajo que ella no tenía tiempo de hacer, aunque le hubiera encantado. Algo sobre ordenar un archivo y las pertenencias de una escritora. Le pregunté el nombre: Marisa(M_x) Chubut. No me sonó para nada. Ya me había hecho una cita para que empezara lo antes posible. Esto era idea de mi Hermano(H); ella no dijo nada, pero el plan tenía su sello. Con el pago bien podía, por ejemplo, comprar mi boleto a Argentina. No tenía de otra más que acceder. El problema era encontrar el valor para salir del búnker. Aventurarme a un nuevo recorrido implicaba encontrarme una y otra vez con Ella(E). Ella(E), tal vez ya está claro, era la nueva novia del Tordo(T). Y el retrato de Ella(E^*) —esto todavía no está claro— estaba en cientos de espectaculares de todo tipo y, para colmo, su voz se oía en la radio y en todos los puestos de piratería, y también aparecía en los comerciales del cine y en la televisión. Para mí era una pesadilla aunque el resto del mundo la consideraba genial. Ella(E), en realidad, sólo tenía rostro de famosa; la de los posters era su hermana gemela(E^*): una actriz de la nueva ola de tele-novelas "con contenido crítico" que después debutó como cantante. Su fama alcanzó tal magnitud que una de sus canciones se adaptó a reguetón para un comercial de Bubulubu.

Ir al cine, ver televisión, escuchar la radio o tomar grandes avenidas eran actividades de alto riesgo porque podía "encontrármela(s)". Tal vez fue una síntesis injusta: por mucho tiempo las consideré como una misma persona porque su imagen duplicada le daba un peso abrumador al vacío que tenía frente a mí. Lo triste es que, entre otras cosas estúpidas, tuve que dejar de comer Bubulubus.

Su rostro era ineludible y, aún así, Tordo(T) y Ella(E) habían logrado pasar desapercibidos. Siempre me pregunté si Yo(Y) era la única idiota que no estaba enterada. Ese era el problema de salir: mi cerebro desencadenaba una tormenta de asociaciones venenosas. Le dije que sí a mi cuñada. Luego le llamé a Violeta para contarle: se alegró con la noticia, pero no le encantó que le dijera que ya no iba a acompañarla a la UNAM. Me subí sin pensarlo demasiado al Tsuru 90 de mi madre. Fue difícil encontrar una ruta en la que su sonrisa, la sonrisa de Ellas(E, E^*), no apareciera de repente en una curva. El segundo piso del Periférico era una pésima idea porque desde ahí los espectaculares

se ven perfectamente bien, así que opté por viajar debajo
—donde el paisaje se convirtió en decenas de columnas y un
techo de cemento—, con el radio apagado y las ventanillas
arriba.

Si los planetas se mueven siguiendo sus órbitas, tal vez había alguna manera de que Alonso(A) y Yo(Y) coincidiéramos en algún punto.

Puse el telescopio en el balcón del búnker, mirando hacia el parque. Me sentaba ahí con *Nuar* a ver a la gente paseando a sus perros o corriendo alrededor del perímetro. Era bastante monótono. Hubo días enteros en que no pasaba nada. Es difícil que suceda algo importante cuando no sabes qué esperas. Hay cosas que se ven a simple vista, por supuesto, pero con el telescopio puedo ver detalles que de otra forma pasarían desapercibidos. Lo que más me gusta de mis observaciones es que no tienen sonido. Todo lo que pasa allá es silencio desde acá. Si acaso se escucha el canto de los pájaros, que no comprendo. A *Nuar* le enloquece.

¿Vienes a escombrar las cosas de la señora?

A hacer trabajo de archivo, sí.

Era Chema, el fiel ayudante y cuidador de la casa; vivía ahí con su esposa e hijo. Me llevó hasta el tercer piso, abrió con una llave que después puso en mi mano, y desapareció.

Ahí dentro no se escuchaba ningún ruido. La habitación de Marisa(M_x) Chubut era también un estudio cuidadosamente adornado. Un enorme ventanal daba al jardín, una tela con motivos moriscos hacía las veces de cabecera de cama, y los muebles parecían heredados por generaciones. Tenía una selección de primeras ediciones de literatura mexicana y argentina dentro de una vitrina de museo; también pude reconocer una pintura original de Joy Laville y un grabado de Toledo. No se parecía al búnker: aquel era un típico departamento de exiliados de los setenta con muebles estilo "rústico mexicano", otros más de imitación de madera, una biblioteca de ediciones económicas, la enciclopedia Salvat, vajilla de melamina, y reproducciones de los grandes de la pintura (Vermeer, Van Gogh) colgadas en las paredes. Me senté a esperar en un pequeño sillón, y al rato volvió Chema.

El señor Alonso(A) va a regresar tarde, dice que mejor te vengas la próxima semana.

¿El señor Alonso(A)? ¿Quién es el señor Alonso(A)?

El hijo de la señora Marisa(M_x).

Ah.

Le conté a mi cuñada, mostrando mi molestia, que tenía que volver hasta la siguiente semana porque su amigo Alonso(A) no llegó a la cita. Fue extraño, además, recorrer la habitación de alguien que no conocí y que no sabía que había muerto aunque al parecer era obvio. Sé muy poco o casi nada sobre la muerte. La muerte es otro tipo de ausencia. Desaparecer es parecido, pero la muerte, creo, deja una herida grande (enorme), de golpe, que cierra poco a poco; y la desaparición –al contrario– hace una herida chiquita, dudosa, que se abre un poco más cada día. (La teoría de las heridas la acuñamos mi Hermano(H) y Yo(Y) durante las muchísimas horas vacías que pasamos en el Búnker.)

Colisioné con un Universo paralelo(U^{II}) que, para mi suerte, tenía pinta de salida de emergencia. El entierro de Marisa(M_x) fue hace unos meses, dice mi cuñada tratando de explicarme, Alonso(A) no ha podido arreglar los papeles, seguro está muy ocupado y todo esto seguro le cuesta trabajo.

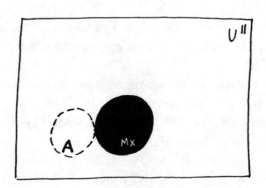

Una tarde me encontré a Jürgen(J) cruzando el parque, había olvidado que éramos vecinos. Bajé para "encontrármelo". Me gustaba que él no me preguntara mi nombre, que creyera que Yo(Y) no sabía inglés, que no tuviéramos nada que decirnos. Sobre todo: que no necesitáramos de muchas palabras para ir hasta su recámara. Nuestra relación se trataba de otra cosa. Era un asunto de equilibrio o, más bien, funcionaba como contrapeso:

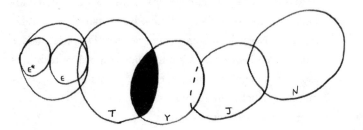

Me llamó la atención su letra, era grande y garrapatosa, difícil de descifrar. Los palitos de la *q* y de la *y* eran más largos que el resto, y la *A* de su nombre ocupaba gran parte del final de la página. Me dejó instrucciones bastante peculiares:

Querida Verónica:

Empieza juntando las fotos, están por todos lados, pero sobre todo en la cajonera. Tira las que estén movidas, en las que no salga nadie, las de paisajes sin referencia… No vale la pena conservarlas. Después puedes meterlas en las carpetas y micas que compré. Si terminas eso y no he vuelto, empieza a vaciar y clasificar los documentos y tiliches que hay en el secreter.

Espero conocerte pronto,

Alonso

También me dieron ganas de conocerlo, aunque me había dejado plantada de nuevo.

Efectivamente, la cajonera tenía fotografías pero también postales, recortes, diplomas y otras cosas. Me dediqué a organizar todo por conjuntos: papeles diversos en una pila, postales usadas como correspondencia en otra, postales sin usar en una más. Las fotografías las clasifiqué por formatos. Los montones fueron trazando todas las épocas de la vida de Marisa(M_x). Sus antepasados en sepia, su infancia en pequeñísimas reproducciones blanco y negro, unas más cuadradas de su juventud en colores pálidos, otras rectangulares y viradas al magenta de su madurez, *minilab* ochentero, impresiones caseras de los noventa, etcétera. Hice una línea del tiempo que cruzaba toda la recámara. También me di cuenta de que la infancia de Alonso(A) se parecía a la de mi Hermano(H), aunque no tenían exactamente la misma edad. O tal vez todas las imágenes familiares son iguales. La diferencia era Marisa(M_x) Chubut, que se vestía como actriz del cine de antes, y no todas las mamás se ven así entre semana; eso le daba un toque estrafalario. El álbum familiar del búnker, en cambio, había entrado en una pausa indefinida, si alguien lo viera hoy pensaría que nos robaron la cámara o que todos morimos en un trágico accidente porque se termina de golpe. Las últimas fotografías que recuerdo son en Cuernavaca, en la casa de unos colegas de Mamá(M). No servía la caldera pero mi Hermano(H) y Yo(Y) igual nos metimos a nadar, aparecemos con los labios morados, la piel muy arrugada y envueltos en toallas con rayas de colores sentados en la orilla de la alberca.

Encontré muchos *tickets* de supermercado —casi todos de tintes de cabello y cremas caras—, boletos de avión

–a San Francisco–, tarjetas de cumpleaños, invitaciones a bodas y bautizos –de hijos y nietos de algunos escritores y gente de la farándula–. Las imágenes de paisajes y las que estaban fuera de foco hacían un montón aparte. Le agregué aquellas en las que sólo había pies, manos o pedazos irreconocibles de cabezas, además de las muchas habitaciones vacías y objetos inanimados.

Pero el gran tesoro se conformaba por unas treinta o cuarenta fotografías a las que Marisa(M_x) les había recortado a los personajes. Se veía el rastro de la tijera alrededor de "alguien" que, aparentemente, era importante. No eran producto del despecho, al contrario, ella seleccionaba lo más preciado. Lo supe porque después vi colgado en la biblioteca un enorme *collage* sobre cartoncillo negro donde convivían todos los personajes ausentes. Lo que no pude entender es por qué guardó esos cuadrados y rectángulos con un agujero. Ya sólo se veían las escenografías que acompañaron a alguna persona, desterradas, divididas para siempre. Los personajes nunca volverían a su contexto original y todos esos "marcos" ya no tenían tiempo. No me atreví a tirar esa pequeña colección así que la guardé en mi mochila y me la llevé a casa.

A través de ellos se puede ver el mundo "desde arriba", por eso me gustan los diagramas de Venn. No hay mucha documentación al respecto, pero durante la dictadura militar en Argentina se prohibió su enseñanza en las escuelas. Sabemos, por ejemplo, que un jitomate pertenece al conjunto de jitomates(JI) y no al de cebollas(C) ni al de chiles(CH) ni al de cilantro(CI). ¿Dónde está la amenaza en un razonamiento como ese? En la teoría de los conjuntos, los jitomates, cebollas y chiles podrían darse cuenta de que son alimentos distintos, pero también de que tienen cosas en común, como el hecho de que todos podrían pertenecer al conjunto salsa pico de gallo(SPG) y, al mismo tiempo, al Universo(U) de plantas cultivadas(PC) y, tal vez, unir fuerzas contra algún otro conjunto o Universo(U), por ejemplo, el de la salsa picante enlatada(SPE). En pocas palabras, hacer una comunidad de vegetales. Los diagramas de Venn son herramientas de la lógica de los conjuntos. Y la dictadura, desde la perspectiva de los conjuntos, no tiene ningún sentido porque su propósito es, en buena medida, la dispersión: separar, desunir, diseminar, desaparecer. Tal vez es eso lo que les preocupaba, que los niños aprendieran desde pequeños a hacer comunidad, a reflexionar en colectivo para descubrir las contradicciones del lenguaje, del sistema. Visto así, "desde arriba", el mundo revela relaciones y funciones que no son del todo evidentes.

En los primeros meses no vi nunca a Alonso(A). Chema dijo que tenía cosas que hacer en la universidad, en Estados Unidos, que estaba allá haciendo su doctorado en literatura, pero que volvería en el verano. Me dio un cheque que cubría mis honorarios hasta entonces. Lo deposité casi todo en mi cuenta, me quedé sólo con lo necesario para gasolina y gastos comunes. Yo no tenía ni vacaciones ni un trabajo verdadero, así que el calendario me daba lo mismo, entendí que lo conocería en junio y estábamos a mediados de abril. Habían pasado seis meses. Seis meses esperando que el Tordo(T) llamara arrepentido y esos mismos seis meses intentando resignarme a que eso no iba a suceder.

El paisaje de tiempo se extendió bastante. En las tablas de triplay no sólo se veía el tiempo que contienen las vetas de la madera; en grises, blanco y negro estaba también todo el que yo misma le había dedicado a delinearlas e iluminarlas con un pincel. Nunca pinté la tercera tabla, tenía sentido que fueran sólo dos, juntas parecían una enorme puerta de dos hojas, una entrada a otra dimensión (que todavía no sabía cómo abrir).

Si Yo(Y) lanzara una piedra a un estanque, al caer formaría ondas concéntricas en el agua, y estas se expandirían una a una hasta desaparecer. El dibujo de esas ondas es también un cono. La punta es el lugar y momento en que la piedra pega en el agua y, el cuerpo, las ondas que se abren y ensanchan, una por una. Todo esto es importante porque el tiempo se comporta de forma muy parecida en los conos de luz. Es posible que esté malinterpretando a Stephen Hawking, pero cada suceso en el Universo(U) despliega un cono de luz –tal como la piedra en el agua– hacia el pasado (←) y otro hacia el futuro (→). El presente, este momento justo, es donde las puntas de ambos conos se encuentran. El diagrama científico del tiempo es un cono en espejo, una especie de reloj de arena. Mi caso particular sólo puede describirse si ubicamos en el pasado dos conos: el Tordo(T) y Mamá(M), y el reflejo superpuesto de ambos en el futuro. Es la única forma de explicar por qué me parece que estoy dentro de una lavadora encendida o por qué el futuro, desde aquí, parece la entrada a un remolino:

Marisa(M_x) Chubut nació diez años antes que Mamá(M). También era exiliada de la dictadura argentina. Pero su historia fue distinta a la de mis padres. Utilicé un sistema sencillo para ordenar todo lo que salía de su secreter. Primero en grupos grandes: documentos, recortes de periódico, manuscritos, recetas. Luego una clasificación detallada de cada bonche. Le dije a Chema que necesitaba fólders y al día siguiente tenía una caja con cien fólders verdes y otra con cien fólders rosas. Para ese momento, la habitación de Marisa(M_x) se había convertido en una ciudad, las pilas de papeles eran los edificios y las calles el espacio que quedaba entre ellas. Me gustaba estar ahí. Repartí el tiempo entre ese Universo paralelo(U^{II}) en el que convivía con la ausencia de Marisa(M_x) y mi Universo(U) original, en el que convivía con la ausencia de Mamá(M). Me desplazaba del perímetro del búnker al perímetro de esa habitación en el último piso de una casa en Tizapán, San Ángel (y viceversa).

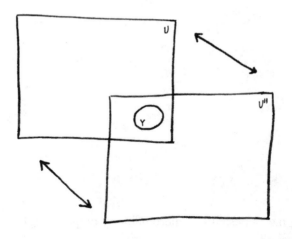

Tengo esta pesadilla: quiero hablar y no puedo. Quiero gritar y no puedo.

Dentro de cada fólder se contaba una pequeña historia, verde si terminaba bien, rosa si terminaba mal. Invitación para celebrar la boda entre Marisa(M_x) Chubut y Tono(T_N) García, acta de matrimonio argentina y acta de divorcio mexicana: una historia de amor reducida a tres papeles dentro de un fólder rosa. Acta de nacimiento (Argentina, 1973), certificado de bautizo, calificaciones de primaria (promedio de siete punto tres), secundaria (promedio de siete punto cinco), serie gastroduodenal y Certificado Internacional de Vacunación dentro de un fólder verde. Le agregué un *post-it* en el que escribí: "Alonso García Chubut/ HISTORIAL". Testamento autógrafo de Mauricio Chubut (padre de Marisa(M_x)) y fotocopia, genealogía de la casa Chubut, copias de pagarés a Gonzalo Elizondo, carta a mis queridísimos nietos (julio 1, 1965), inventario de bienes, acta de defunción: accidente automovilístico, todo en un fólder rosa con un *post-it* pegado que decía "Mauricio Chubut/ ABUELO".

La dendrocronología no iba a resolver el misterio del tiempo en las tablas de triplay. Los anillos de los árboles dan pistas de procesos ambientales, pero no logré encontrar nada sobre cómo estudiar el dibujo de las vetas, ni sobre su posibilidad de desordenarlo todo: de romperlo en pedazos y luego unirlo de otra forma o dejarlo así, a la deriva. Casi todos los textos especializados se enfocan en el cambio climático y era imposible entenderlos cabalmente. Debo haber mirado las copas de los árboles a través de la ventana de la biblioteca del Instituto durante muchas horas. De pronto releía algunos párrafos en busca de alguna pista que hubiera pasado por alto, pero solía vencerme el aburrimiento, y me quedaba dormida sobre la mesa hasta que Violeta pasaba por mí.

Alonso(A) tenía un gesto triste pero se reía de cualquier cosa. Eso me hacía sentir insegura (o muy tonta) porque no podía preguntarle qué carajos le parecía tan gracioso. Me ponía de mal humor, pero igual me pasaba el día esperando el momento en que por fin se decidiera a subir a la habitación de Marisa(M_x) para romper mi rutinario silencio con su incómoda carcajada. Después me di cuenta de que podía hacer o decir algunas cosas (muy pocas) que lo ponían nervioso y su risa se escuchaba distinta. (Logré decodificar la gama de tonos, respiraciones y volúmenes porque era la única manera de saber qué le pasaba o cómo se sentía: se reía si estaba bien o si estaba mal o nervioso o como fuera.) En esos momentos me parecía que era él quien se volvía inseguro y no Yo(Y). Una pequeña victoria. Su presencia volvió concreto ese Universo paralelo(U^{II}) al que me estaba mudando poco a poco:

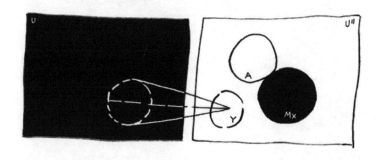

Esta mañana me despertó otro sonido. *Nuar* corrió por toda la casa con la cola esponjada y se metió detrás de un librero. Se oyó como si un traste se hubiera hecho añicos contra el piso de la cocina.

Aunque trataba de escapar, de quedarme lo más posible en mi Universo paralelo(U^{II}), el otro Universo(U) no dejaba de ejercer su fuerza gravitatoria y finalmente logró succionarme de vuelta: Jürgen(J) al teléfono —su primera y última llamada—. Supuse que nuestros encuentros nocturnos estaban a punto de terminar (y sí, me pidió que ya no lo buscara). Pero no le puse mucha atención porque el rostro de Alonso(A) se descompuso, estoy casi segura de que se descompuso, y eso era más importante. La frontera que mantenía separado al Universo paralelo(U^{II}) del Universo(U) desapareció con el sonido del celular. Me gustaría decir que todo estaba más revuelto que nunca, pero en realidad lo que había era un orden implacable que no me favorecía en absoluto.

Los recortes de periódico dicen que era escritora, que murió a los sesenta y cinco años y que publicó solamente un libro en toda su vida. Aunque no soy experta, estoy casi segura de que no fue una obra maestra; también era actriz, pero había actuado solamente en una función de teatro en Argentina y en una lectura de poesía teatralizada en México. Por más recortes de periódico sobre su libro o su excelente actuación en esa única puesta en escena, Marisa(M_x) Chubut era un personaje secundario. Estaba en el centro del "mundo artístico", pero no era nadie.

Supongo que me produjo cierta empatía solamente porque Yo(Y) me había convertido en el personaje secundario de mi propia vida. En los libros, ese tipo de seres insignificantes me atraen mucho: los que se ven chiquitos y en realidad son enormes o los que parecen gigantes y son solamente una bolsa de aire inflado. Aunque ser circunstancial en la vida real es otra cosa. Encontré una fotografía con tres personajes, recortada de una sección de sociales de 1979, especialmente ilustrativa, en el pie se lee textual: "Josefina Vicens (a la izquierda), Vicente Rojo (a la derecha) y personaje sin identificar (al centro)". Personaje sin identificar. Esa era Marisa(M_x). Alguien que no es nadie.

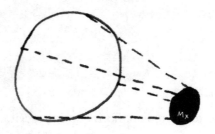

¿Y tus observaciones con el telescopio?, me pregunta Alonso(A) después de un rato de estar en silencio.

Ah, malas noticias, no tengo madera de astrónoma. He estado haciendo cualquier otra cosa excepto mirar hacia el cielo... Oye, no me dijiste si sí quieres venir a Argentina...

No respondió.

¿Hace cuánto que no vas?

...Desde que era niño.

...¿No te gustaría ir?, insistí.

Sí, me gustaría.

...¿Conmigo?

Sí, contigo.

...¿Entonces?

¿Entonces qué?

¿Vamos?

Vamos, pues.

A veces también hemos pensado que la historia de Mamá(M) tendría más sentido si pudiéramos ir a un lugar como la Plaza de Mayo a exigir que nos la devuelvan, a preguntar: ¿Dónde estás? Pero es absurdo porque no desapareció como los demás, ¿o sí? Es absurdo porque, si mi Hermano(H) y Yo(Y) pudiéramos reclamarla ahí, no habríamos nacido.

Todos sus manuscritos eran el mismo una y otra vez, todos tenían un comienzo idéntico. Algunos llegaban al final, otros no. Lo único que cambiaba era la letra, una caligrafía firme que en cada copia se volvía más y más temblorosa, hasta volverse prácticamente ilegible. No descubrí el manuscrito de Jack Torrence en *El resplandor;* las de Marisa(M_x) eran copias y copias "en limpio" de un libro escrito a mano, que no lograba llegar al final. Que no tenía final. Ni título ni fecha, simplemente se quedaba sin palabras. Leí tantas veces la primera frase que terminé por aprendérmela de memoria: "No se puede volver al lugar del que uno se fue"; me recordaba a los tangos que oía Mamá(M) cuando estaba nostálgica.

Busqué *Destierro* en el librero, el único libro que Marisa(M_x) publicó, y lo comparé con los múltiples manuscritos: eran todos gemelos. Alonso(A) me había dicho que tal vez aparecerían inéditos, pero ni siquiera se trataba de versiones corregidas, todas las hojas decían exactamente lo mismo, con las comas y puntos en el mismo lugar. No sé si me indignaba su dramatismo: "¡Madre!, ¡padre!, ¿los volveré a ver algún día? ¿Por qué me han dejado tan sola? ¿Por qué me han abandonado? ¿No es la vida ya una especie de muerte?", o si me molestaba verme reflejada en frases cursis: "Soy una ausencia sosegada en la tragedia de mi vida" (qué pedante es la palabra *sosegado*). Estuve a punto de abandonarlo pero el morbo pudo más. Me preguntaba, mientras leía, si Alonso(A) había abierto el libro alguna vez.

Marisa(M_x) empezó muchas veces una sola historia; eso me parece admirable. Muchos principios distintos sólo pueden ser sinónimo de muchos fracasos, de narraciones mutiladas. Eso es lo que Yo(Y) tengo, un listado de pedazos dispersos:

–Una maraña de conjuntos.

–Subconjuntos intercambiables.

–Intersecciones invisibles.

–Inclusiones temporales.

–Disyunciones repentinas.

Empezar muchas veces el mismo texto es, al menos, una insistencia por contar y entender la misma historia.

De otra forma uno fracasa una y otra vez empezando relatos distintos que siempre terminan igual.

De otra forma uno fracasa una y otra vez intentando desordenar el tiempo.

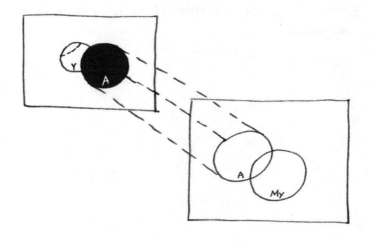

Es en los límites –en las orillas– donde las cosas tienden a desdibujarse.

Mi Hermano(H) solía contarle sus secretos a Mamá(M).
Platicaban horas sobre cosas que Yo(Y) no podía escuchar.
Nunca encontré un secreto lo suficientemente interesante
como para confiárselo. Creo que no tengo secretos. Bueno,
en realidad sí, sólo uno. Preferiría no tener que guardarlo
pero cuando lo cuento no se escucha, es desesperante, nadie
lo entiende. No lo elegí, no lo elegimos, está aquí a pesar
mío, a pesar nuestro. De niña me preguntaba por qué mi
Hermano(H) tenía tantos secretos que contar y a mí no se
me ocurría ninguno. O tal vez no sé reconocerlos. ¿Cuántos
tendría que tener para ser una persona normal? Ese único
secreto apareció justo cuando dejamos de ver a Mamá(M),
lo comparto con mi Hermano(H) y ni siquiera lo entiendo.
Un secreto es como un subconjunto invisible.

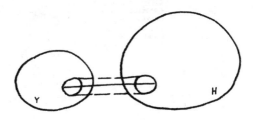

Corrimos del estacionamiento a la escalinata del museo, pero de todas formas llegamos mojados.

Mis tenis parecen chapoteaderos, me dice Alonso(A).

Sí, suena chistoso cuando caminas.

Ya no estoy acostumbrado a las lluvias impredecibles del D.F. Me va a dar gripe o neumonía, o algo… Me veo ridículo, no sé si debería entrar así.

(Crucé la puerta y entré en la exposición como si no hubiera escuchado lo último. Ya estábamos ahí.)

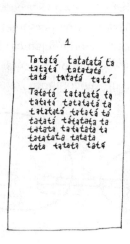

¿No lees los textos de sala?, me dice.

No, nunca se entienden. Deberían ponerlos al final.

¿Y esto sí se entiende?

Oye, ¿y Yo(y) cómo me veo, eh? Seguro parezco perro mojado.

(Él se ríe a carcajadas de todo lo que digo, para variar.)

Deberías oír tu risa, es desconcertante.

(Se vuelve a reír.)

Más bien indescifrable…

Te ves bien. Te ves… bonita.

(Tragué mal la saliva y me dio un ataque de tos, un desastre.)

Oye, ¿el otro día te llamó tu…?
Ah, es un alemán con nombre de futbolista…
¿Y están…?
No, se terminó.
…¿Por?
Su novia vino a visitarlo.
Ya…
Sí, ya sé, está mal…
No sé, yo no dije nada… ¿Sabes alemán?
No.
¿Él sabe español?
Creo que no, la verdad no hablábamos mucho.
¿Y entonces?

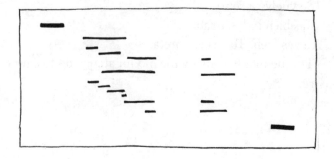

¿Pues tú qué crees? (Le digo mirando al piso.)

¿Se podrá descifrar esto? (Quise cambiar el tema.)
¿Para qué quieres saber?
Pues porque ahí puede haber un secreto.
Pero si es secreto no tiene sentido descifrarlo.
Eres un escéptico.

Tal vez…
¿Tienes secretos?
Supongo que sí.

Creo que Yo(Y) no tengo, me gustaría saber cómo son.
(Se ríe.)

Seguro crees que estoy loca.

No, para nada… ¡No quiero ni imaginarme lo que tú piensas de mí!

Que eres un escéptico, ya te dije, y que tu risa es un poco hostil, aunque muy atractiva.

(Logré dejarlo callado.)

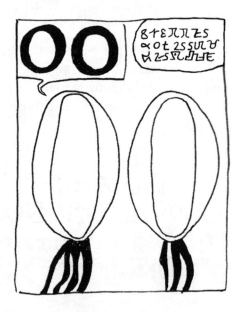

¿Le contarías tus secretos a alguien?

Esa pregunta es muy extraña.

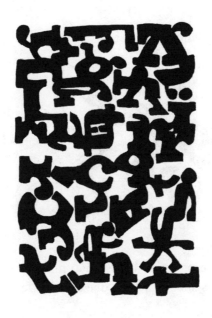

Le propuse que guardáramos un secreto que ninguno de los dos entendiera (para que no dejara nunca de ser secreto). Me dijo que tenía que pensar cómo sería.

Lo tomé como un sí.

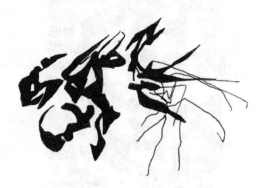

No pude esperar ni un segundo más, así que lo pensé, desordené las sílabas, y se lo dije al oído: (le dio una risilla nerviosa).

Cuando dos personas se cuentan un secreto se ve más o menos así:

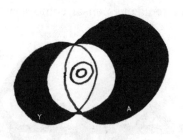

¿A quién carajos le ronronea *Nuar?*

Reconstruí un poco de aquí y otro poco de allá, y terminé entendiendo más del exilio de Marisa(M_x) que del de mis propios padres. Llegó a México en marzo de 1976. Cuando aterrizó en el aeropuerto Benito Juárez tenía treinta y ocho años y un hijo de tres. Tono(T_N), su marido, llegó casi un año después porque le costó más trabajo salir. Marisa(M_x) vivió en Buenos Aires poco más de la mitad de su vida. Hizo varios talleres de actuación (en uno de ellos conoció a Tono(T_N)), y para pagar la renta trabajó en diversas oficinas de cultura del gobierno.

A principios de 1976 Tono(T_N) dirigía un montaje "experimental y novedoso" (según la prensa independiente de la época) llamado: *Autopsia a una silueta* en el que Marisa(M_x) era la actriz principal. Pero la temporada tuvo solamente una función. Varios de los actores desaparecieron al día siguiente del estreno. Marisa(M_x) entró en pánico, intentó cambiar su nombre y el de Alonso(A), pero fue imposible. Entonces usó todos sus ahorros para comprar dos boletos de avión a México y acordó con Tono(T_N) que se encontrarían allá. Una amiga le había ofrecido su casa en Cuautla.

En *Destierro*, Marisa(M_x) cuenta con más detalle una época posterior al exilio y se concentra en un viaje de reconocimiento que hizo a Argentina en 1984. Fue solamente con Alonso(A) (para entonces ya se había divorciado). En aquella visita decide volver a la casa en la que nació, pero descubre que un edificio había tomado su lugar. Y en la vieja casona donde vivió con Tono(T_N), donde quedó embarazada y donde ensayaron día y noche durante meses, toca el timbre pero nadie responde. Insiste al día siguiente y en su libro subraya este detalle: "La cortina de nuestra recámara se movía, había alguien adentro", pero nadie le abre. Ahí mismo, en la puerta de lo que fue su casa, sufre una crisis nerviosa y termina en el hospital. Esos espacios a los que ella necesitaba volver ya no existen y en ello radica su tragedia: nada le pertenece. Al parecer las consecuencias de la dictadura surgen después, mucho después. El exilio es sólo una forma de retardarlas. Tarde o temprano: *FLURPPPP*, una fuerza extraña te succiona, no hay escapatoria. En la narración de ese episodio apenas menciona a Alonso(A). Me pregunto qué habrá hecho en ese momento, tenía apenas once años.

Después de un par de semanas Marisa(M_x) sale del hospital y compra dos boletos de regreso. Nunca más vuelve a poner un pie en Argentina. Al llegar a México se interna voluntariamente en un hospital psiquiátrico. Me pregunto si Alonso(A) pasó esa temporada con Tono(T_N), si alguien le explicó qué estaba pasando. Es ahí donde, al parecer, empieza a escribir sus memorias. Imagino que a eso se deben las repeticiones obsesivas y la letra temblorosa de sus manuscritos. No sé cuánto tiempo permaneció ahí ni cuánto pasaba entre una copia y otra. Me pregunto si el exilio la convirtió en un personaje secundario o si lo había sido siempre. Acomodé los manuscritos en un orden cronológico hipotético (bastante pesimista): primero aquellos en los que las letras son claras y después aquellos en los que nunca llega al final y en los que, poco a poco, las letras se convierten en símbolos incomprensibles. No podían estar en un fólder rosa ni en uno verde así que les puse un broche y nada más.

Le tengo cariño a la Biblioteca Central, ese edificio de libros que parece angostarse hacia la cima, y cuyo elevador se vuelve más lento conforme más niveles sube. Parece el mismo lugar al que entraba con Mamá(M) cuando era chica: los bibliotecarios malhumorados del sindicato de la UNAM, el mobiliario ochentero, y ese barullo particular de los cientos de personas que entran y salen; nada había cambiado. Estoy segura de que no existe otra biblioteca tan ruidosa en el mundo. Mis vacaciones de verano en la primaria empezaban muy pronto y, como Mamá(M) no tenía con quién dejarme, me llevaba a sus clases con un estuche de lápices de colores y un libro de pintura abstracta para iluminar. Hacíamos una parada obligatoria en la biblioteca: le ayudaba a buscar un libro o devolvíamos los que había sacado. Me gustaba leer las cosas que ella, más tarde, escribía en el pizarrón, aunque por supuesto no entendía nada. Sus clases eran sobre psicoanálisis. Recuerdo —porque era la única que ya formaba parte de mi vocabulario infantil— que a menudo aparecía ahí la palabra *Fantasma* (así la recuerdo:

con mayúscula). Cuando en la escuela me preguntaban de qué era maestra mi Mamá(M) les decía que daba clases sobre fantasmas. Todos se quedaban con la boca abierta.

Con tal de quedarme clasifiqué por tipo de platillo las decenas de recetas que Marisa(M_x) recortaba de revistas y periódicos: desayunos, entradas, platos fuertes, postres, etcétera, y después las metí en una carpeta con separadores.

A Alonso(A) le conté muchas cosas sobre mí. No sobre el búnker ni nada de eso. Otro tipo de cosas. Se sentía raro escuchar mi voz fuera de mi cabeza. Las palabras me dan miedo, me asusta no saber qué entienden los demás cuando Yo(Y) hablo. Él también me contó cosas. No sobre la muerte de Marisa(M_x) ni sobre su episodio crítico. Pero sí hablamos de Argentina: ninguno de los dos entiende por qué una lata de duraznos en almíbar con crema chantilly (o, aun peor, con dulce de leche) es un postre tan codiciado en ese país.

¿Pintas o haces cosas raras?, me pregunta, de repente.

Pues... creo que hago cosas raras.

Ya. ¿Eres de esos artistas que no saben dibujar?

(Supongo que era broma, pero no me hizo gracia.) Sí, exacto, de esos...

Le conté, por ejemplo, de mi clase de dibujo de imitación en La Esmeralda. El ejercicio era simple: copiar la mano del modelo. Hasta ese momento mis dibujos habían sido malos y el profesor no me tenía paciencia. Ese día me concentré muchísimo, quería hacerlo bien. Entre más realista era un dibujo, mejor calificación. Al final de la clase todo el grupo daba una vuelta alrededor de los restiradores para discutir el trabajo. Estaba tranquila porque me había esforzado y, aunque seguía siendo de las peores de la clase, ese era por mucho mi ejercicio más logrado en el semestre. Cuando llegamos a mi mesa el profe se quedó un buen rato mirando y no decía nada. Pensé que por fin me dejaría en paz, que no tenía nada que decir o que no podría aceptar que había mejorado (porque me odiaba).

Mejor, Verónica, pero, ¿por qué dibujaste una mano con seis dedos?

Alonso(a) soltó la misma carcajada que había hecho explotar a todo mi salón y después trató de arreglarlo:

Yo tampoco sé dibujar.

Pero tú no tendrías por qué saber...

Me contó una historia en compensación: a él en la clase de inglés de tercero de kínder le pidieron un dibujo de *Halloween*. Pintó una cartulina blanca completamente de negro y se la llevó a la maestra; ella torció la boca y le preguntó qué había dibujado. Él dijo que era la noche. *Miss* Ramírez se levantó de su silla, pidió atención y se dirigió a todo el grupo: "Oigan, ¡pero no me vayan a hacer algo como esto, eh!" Traté de aguantarme la risa, pero como Alonso(a) siempre se ríe más dio igual.

¿Todavía tienes el dibujo?

Lo tiré en el basurero, afuera del salón.

Bu, me encantaría tenerlo.

Sonrió. Después de eso nunca se me iba a ocurrir ser artista, dijo, y luego se quedó mirando mi boca fijamente...

Algo estaba a punto de suceder (lo presentí porque las punzadas en mi pelvis eran incontrolables). Me gustó la forma en que Alonso(A) entendía la noche. La tensión la disimulamos.

Pero los fantasmas están en el pasado. O vienen del pasado.
Aquí no hay fantasmas.

DESAPARICIÓN ——————— X

APARICIÓN ——————— FANTASMA

Para encontrar la palabra secreta, la que nos hace falta, hay que despejar x.

El búnker (o Mamá(M)) es la incógnita x.

Hay cosas, estoy segura, que no se pueden contar con palabras.

Nunca sabré quién es S.

Intento ordenar la caja de medicinas de la Abuela(A_B). La mayoría están vencidas. Aquí todas las cosas tienen otro nombre. A veces creo que para ella tomar pastillas es solamente una rutina y se da el lujo de elegirlas por colores. La caja está tan desordenada que no me imagino cómo logra encontrar algo. No hay ni un solo jarabe para la garganta y todavía me duele cuando trago saliva. Entonces me decido a seguir ese otro método y me meto a la boca dos comprimidos al azar, uno rosa y otro blanco.

Me senté frente al baúl a los pies de la cama y lo abrí con una llave que encontré en un cajón del secreter. Adentro había muchísimas cartas. Las dividí de forma muy sencilla: "cartas de Marisa(M_x) a" y "cartas a Marisa(M_x) de". Había algunas muy amorosas, agarradas con una liga, que Tono(T_N) le escribió durante una temporada que pasó en Cuba, a principios de los ochenta, antes de su separación. También estaban las cartas de la época de la dictadura, que eran muy pocas y escuetas. Se dicen cosas muy simples, a veces absurdas. Pero había más ahí, algo que sólo ellos dos entendían, una lengua particular. Supongo que eso es el amor. Tal vez no debí leerlas, ese no era mi trabajo, pero Alonso(A) nunca pidió detalles. No sé si él alcanza a imaginar la cantidad de cosas que guardan los muebles de la habitación de su madre. Al menos ahora hay alguien que sabe la historia de Marisa(M_x). ¿Habrá alguien que sepa la de Mamá(M)? Si esa persona existe, me gustaría hacerle un par de preguntas.

Te toca llamarle a la Abuela($_{A_B}$) para avisarle que vamos.

Fue tu idea ir… Qué poca.

¡Zafo!

Mi Hermano(h) es el primogénito; es historiador pero vive de hacer documentales. A veces escribe los guiones o los edita o los dirige, a veces todo. Dice que se ha vuelto un especialista en microhistorias de la ciudad y alrededores. Es experto, por ejemplo, en la estación de trenes abandonada de Pantaco, en la historia del Hotel Isabel, en la construcción de puentes peatonales, en la nota roja del D.F. y en la representación de la pasión de Cristo en Iztapalapa.

Hoja de observación i

Localización:	Parque de las Américas, Colonia Narvarte.
Fecha:	Sábado 20 de septiembre de 2003.
Contaminación lumínica (1-10):	10.
Objeto:	Mujer y niño.
Tamaño:	Treinta y siete, y siete años, aproximadamente.
Constelación:	Familia.
Hora local:	11:30.

Observación:

Notas:

Madre e hijo hacen yoga en el pasto mojado. Alcanzo a ver que el niño trae una camiseta con la señal de Batman en amarillo sobre negro. Él hace bizcos en las posiciones de equilibrio. Su "perro mirando hacia abajo" es un triángulo perfecto. Los dos tienen las pompas mojadas. Sus cuerpos alternan grafías, pero el mensaje es indescifrable.

¿Tienes hambre? Dijo que sí. Saliendo del museo le propuse ir a cenar. Dijo que no podía, que tenía que trabajar en su tesis y cambiarse porque se sentía raro con la ropa húmeda. Luego en el coche lo convencí, no sé cómo. En el restaurante los manteles tenían un crucigrama. Mientras esperábamos la comida estuvimos pescando palabras. Alonso(A) encontró "la palabra que designa a un corte de carne argentino": *vacío;* y yo(Y) encontré "la palabra que designa un juego de vestir femenino": *conjunto.*

Entre las cartas apareció el manual del telescopio. Uno de esos manuales que resultan más complicados y confusos que el objeto que quieres aprender a usar, pero tenía diagramas interesantes, el ejemplo de una HOJA DE OBSERVACIÓN, y mucha simbología para aprender a hacer las notas. Por ejemplo, esto es una órbita:

Esto significa "manchas planetarias":

Esto, obviamente, es el infinito:

Y esto significa incertidumbre
(claro, tenía que ser un triángulo):

No dije nada. Creo que un ajá. Y ya. Alonso(A) sabe que
Yo(Y) sé que en San Francisco está su novia. Lo que Yo(Y)
no sabía era si él sabía que yo lo iba a extrañar.

Le escribí un correo electrónico, pero en cuanto le di
send me arrepentí:

13 de agosto

Solona:

    ¿Ne éuq dasan?

    Et ñotraex resrroho…

Por suerte, su nombre apareció en mi bandeja de entrada, aunque varios días después:

18 de agosto

Querida Verónica:
Yo decidí cambiar el tema de mi tesis.
También escribí una ponencia sobre acrósticos.
Te puedes llevar el telescopio, si quieres. Es
extraño pero no sé cómo llegó a mi casa.

A.

Primero me decepcioné porque su correo me pareció evasivo. Luego fui a buscar qué es un acróstico porque tenía la esperanza de que ahí hubiera una pista. Dice la RAE: "Dicho de una composición poética constituida por versos cuyas palabras (o letras) iniciales forman otra frase". Releí su correo en vertical como un detective que por fin descubre quién es el asesino: el latido de mi corazón se podía escuchar del otro lado de la ciudad. Le tomé la palabra sobre el telescopio.

¿Algo tan simple y tan demoledor como una estúpida taza de café?

Para hacer más tiempo ordené todas las cartas cronológicamente. De su hermana Malena y otros familiares leí pocas porque me dieron flojera. En el fondo del baúl también apareció una bolsa negra. Adentro había decenas de cartas cortadas en pedacitos. Parecían un tesoro. La letra no era de Marisa(M_x). Traté de comparar la caligrafía con el resto de las cartas pero no se parecía a ninguna. Volteé la bolsa entera sobre un tapete y recordé las navidades en que mi Hermano(H) y Yo(Y), aburridos de tantos días de vacaciones, armábamos un rompecabezas en el comedor. Sin duda había un misterio detrás de aquellos vestigios. En algunos fragmentos encontré fechas que coincidían con la llegada a México de Marisa(M_x), aunque la letra no era, ni por asomo, la de Tono(T_N). Después separé los trozos que mostraban la firma de las cartas: "S." Eso tampoco me decía mucho.

Decidí reconstruirlas. Como Alonso(A) no estaba, no corría el riesgo de que se diera cuenta. Sabía que estaba regresando los pedazos a un sitio al que ya no pertenecían;

Marisa(M_x) tenía guardada esa historia en un desorden ilegible a propósito. Y, conforme las cartas se iban rearmando, más me remordía la conciencia. Me empeñé en volver a un momento que ya no existía, al momento en el que esas cartas decían cosas que todavía eran ciertas.

Revisé de nuevo todas las fotografías en busca de "S.", también los recortes de periódicos, pero no lo encontré.

En el búnker las cosas se cambian de lugar. O al menos parece. Estaba segura de que había dejado un libro sobre el escritorio y no en el librero, o los zapatos en la sala y no en mi recámara. Podría jurar que compré yogur y ya no había. Tal vez mi Hermano(H) pasó a visitar el búnker y era responsable del yogur, pero llevar mis zapatos a mi cuarto, jamás. Eso mismo dice mi Abuela(A_B) en el teléfono cuando le llamo para avisarle que vamos a ir a verla:

¿Cómo estás, Abuela(A_B)?

¡Me mueven todo de lugar, hija! Yo lo pongo en un lado y aparece en otro.

¿Estás segura, Abuela(A_B)?

No sé si yo estaba demasiado distraída o ya no veía bien, pero empezaba a pasarme lo mismo. Tampoco me sorprendía demasiado, en el búnker no hay ley física que se respete, más que la del caos.

Dos telegramas. Son los últimos mensajes de S. a Marisa(M_x).

Uno fechado a fines del 76 y el otro en enero del 77. Tono(T_N) llegó a México en algún momento entre enero y febrero de ese año.

Era un final en dos partes.

Ambos muy escuetos.

Como todo lo que acaba.

Este es el primero:

31/12/76

Te deseo un feliz año nuevo STOP.

S STOP.

Y el segundo me dejó helada:

13/01//77

Sé que volveré a verte STOP.

El amor siempre nos demuestra la circularidad del mundo STOP.

S STOP.

En el manual del telescopio también había un pequeño apartado de signos de puntuación para describir el estado del tiempo:

(.) Precipitación alcanzando el suelo.

, Llovizna intermitente.

„ Llovizna continua.

. Lluvia suave intermitente.

: Lluvia moderada intermitente.

; Lluvia y llovizna intermitentes.

s Polvo esparcido en el aire.

Me pregunto si con esa simbología podría leerse la pieza de comas y letras que vimos en la exposición. Indicaría una especie de llovizna continua e intermitente entre las letras del alfabeto. Sería un texto muy triste.

Quiero cocinar algo especial, me dice la Abuela(A_B). Pero se hace demasiado tarde y mejor comemos un huevo estrellado. Mamá(M) también resolvía todo con un huevo. La vajilla en la que comemos es la misma de cuando tu Mamá(M) era chica, dice orgullosa. La Abuela(A_B) quiere usar los saquitos de mate cocido dos veces. No puede empezar el día sin un mate cocido, son las tres de la tarde pero no le digo nada. Se le olvida que los saquitos usados están guardados en el refrigerador y cada vez saca uno nuevo. Tu Mamá(M) sólo comía huevo duro, me dice. El refrigerador es un cementerio de bolsitas de mate cocido. Dice que ahora no le cuento nada. Que antes le contaba todo (¿Antes, cuándo?), que estoy muy callada. Me duele la garganta, pero tampoco le digo. Es muy difícil. Intento dejar de oír mis pensamientos. Trato de reducirlos hasta que parezcan incomprensibles.

Todas las cosas se descubren después. La soledad, por ejemplo. No cuando creemos que estamos solos ni cuando nos sentimos abandonados. Eso es otra cosa. La soledad es invisible, se atraviesa sin saberlo, sin darnos cuenta. Al menos esta de la que hablo. Es una especie de conjunto vacío que se instala en el cuerpo, en el habla, y nos vuelve ininteligibles. Aparece inesperadamente al mirar hacia atrás, instalada en un momento en el que no habíamos reparado. Creo que nunca he estado más sola que cuando Mamá(M) desapareció. No me detuve a pensarlo, no había tiempo para eso. Me veo sentada con mi Hermano(H) en el comedor, cada uno con un sándwich de pan Bimbo, queso, un poco de mostaza y Coca-Cola en vasos de plástico, y me da tristeza. Los dos actuando como si los vasos fueran de vidrio. ¿Qué más podíamos hacer? Descubro lo solos que estábamos, los dos. Lo desamparados que estábamos mi Hermano(H) y Yo(Y).

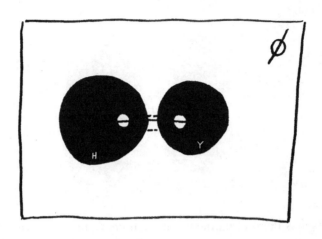

Después llegó el momento que temía. Ya no encontré más pretextos para seguir yendo a la habitación de Marisa(M_x). Metí todo en cajas de cartón, las rotulé y las cerré. Tampoco tenía pretextos para mandarle otro mail a Alonso(A). Él tampoco me escribió. Pasaba los días esperando que volviera. No sé por qué. Le escribí de todas formas:

5 de septiembre

Solona:
    ¿Mocó av ut siste? ¿Ed éuq av, he?
    Eyo, némiter ed nardeor le vochiar ed ut drema.
    Rope rahoa goten nu mablepro:
    Oerc euq em tasgus. Chomu.

V.

Querida Verónica:
Tengo que presentar avances de tesis mañana.
El "tema": ensayos "disfrazados" de novela. Da lo
mismo si lo aceptan o no, la cosa es presentar. El
problema es que todavía no tengo mucho que decir.

A.

Si Yo(Y) también le gustaba, entonces los Universos(U)
habían terminado de empalmarse. Y en el futuro cercano
estaría de nuevo en el mismo mapa triangular en el que había estado meses atrás por culpa del Tordo(T), sólo que por
fin en el lugar en el que quería estar, costara lo que costara:

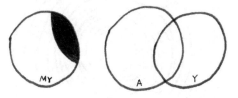

En la cabeza de mi Abuela(A_B) hoy es hace treinta años.

Y también es hoy.

Todo al mismo tiempo.

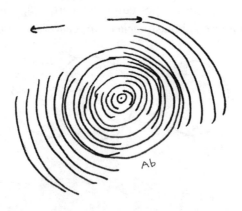

12 de noviembre de 1976

Marisa:

Ponerle fecha a las cartas es una manía completamente estúpida. Qué más da en qué momento de la vida todo se desborda. Tampoco estoy planeando publicarlas, la correspondencia es un género demasiado real. Preferiría encontrarte tomando el sol al lado de la alberca en tu casa de Cuautla.

Iré a visitarte pronto. Te amo.

S.

Sus cartas me encandilaron. Me entusiasmaban como si me las hubiera escrito a mí. Pero en el fondo eran impersonales, efectistas. Pura seducción. S. le estaba escribiendo al porvenir: asegura que no va a publicar su correspondencia así que probablemente publicaba otras cosas. Las palabras pueden estar dirigidas a Marisa (M_x) pero el mensaje es un espejismo. Yo(Y) ya no recuerdo qué dicen las cartas que he escrito. Me pregunto si S. seguirá vivo. Todo lo que escribimos termina por borrarse, creo Yo(Y). Así debería ser. Ya nada de lo que Marisa (M_x) y S. se escribieron es cierto. ¿Realmente estaban dispuestos a cambiar su vida para estar juntos? ¿De qué diablos nos sirven los vestigios de algo que ya no es?

Nuar duerme en la cama de Mamá(M) todas las noches desde que abrí la puerta. Me asomo y le pido susurrando que venga conmigo porque me dan miedo los ruidos del búnker en la madrugada, pero no me hace caso. No sé por qué prefiere quedarse ahí… Eso sí, todas las mañanas pone su pata en mi cara para despertarme y tengo que esconderme bajo la almohada si quiero seguir durmiendo.

24 de septiembre

¡Solona!

Dasto sal nasñama ne im ramacáre es chacues: *"plaf,
plaf, plaf, plaf, plaf"* (sol noscive tánes docienha glosrrea).
Ose em zohi sarpen ne ol led "frazdis". *"Plaf"* se anu bra-
lapa nis frazdis, ¿on seerc?

Y golue, biéntam sépen anu talis ed braslapa noc frazdis: *manido, inconsútil, gracejada, domeñar, variopinto, sosegado, desasosegado, alud...* Yah sám rope íha ol jode.

V.

24 de septiembre

Querida Verónica:
Jajaja, ¡yo uso esas palabras todo el tiempo!
Estás hablando, creo, de onomatopeyas. Está muy
loca tu idea sobre los disfraces, pero tiene potencial.

A.

Le llamé a papá. Quise preguntarle si él sabe qué le pasó a Mamá(M) −después de todo, vivió con ella veinte años−, pero no supe cómo.

Hoja de observación V

LOCALIZACIÓN: Parque de las Américas,
Colonia Narvarte.
FECHA: 13 de octubre de 2003.
CONTAMINACIÓN LUMÍNICA (1-10): 10.
OBJETO: Árboles (copas).
MAGNITUD: Circunferencias de 60
centímetros a 2 metros.
HORA LOCAL: 9:00 a.m.
EQUIPO: Sin equipo.

OBSERVACIÓN:

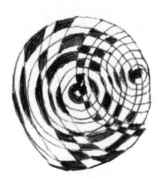

NOTAS:

He estado buscando un árbol en el que marqué mi nombre cuando era niña. No sé qué fue lo que desapareció: la marca o el árbol, ¿o ambos?

Los árboles no se mueven de lugar, pero es muy difícil encontrarlos.

Argentina. A veces me imagino tocando el timbre de casa de mi Abuela(A_B) y es Mamá(M) la que abre la puerta, como si hubiera estado ahí todo este tiempo. Las dos jugando a las escondidas en esa pequeña casita en un barrio de Córdoba.

6 de octubre

Im dorique Solona:
   ¿Toes se le piociprin ed goal?

V.

7 de octubre

Querida Verónica:
Si
no
pensamos
en
el
principio
nunca
habrá
final,

A.

Le puse *Nuar*. No había tenido gato desde que era niña y ya no recordaba lo mucho que se disfruta de su compañía. *Nuar* era muda. Tardé en darme cuenta. Un día vino a donde Yo(y) estaba pintando e intentó maullar, abrió todo el hocico y sólo le salió un sonido ahogado, una especie de ronroneo que escupió desde el estómago y que apenas se alcanzaba a oír. La seguí hasta la cocina y me mostró que se le había volteado el platito de agua. *Nuar* pasaba muchas horas sentada en la ventana mirando hacia el parque donde había nacido, también le gustaba caminar en la cornisa de las ventanas y tomar el sol en el balcón. Algunas noches venían gatos a visitarla, le hablaban desde la banqueta o desde el parque. *Nuar* les contestaba, pero me miraba a mí enseguida porque ellos no podían escucharla. Algún aventurero se trepó en un árbol y llegó muy cerca. *Nuar* se quedó quieta como estatua, luego hizo ese sonido sordo. El gato se echó para atrás y se fue disparado. Era como si hablara en otra lengua, distinta a la de los gatos.

Por suerte encontré un boleto para Alonso(A) en el mismo vuelo.

Le di sus claves de reserva. Sonrió.

Prometió volver de San Francisco al D.F. para nuestro viaje. Antes de irse me preguntó:

¿Prefieres pasillo o ventanilla?

Pasillo.

Perfecto, yo ventanilla.

Me cerró un ojo, me tomó del cuello, me dio un beso en la mejilla y se fue. Lo llamé varias veces para despedirme antes de que subiera al avión, pero su celular ya estaba apagado.

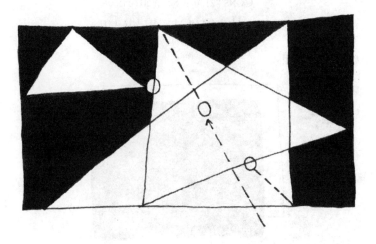

Hoja de observación IV

Localización:	Parque de las Américas, Colonia Narvarte.
Fecha:	1 de octubre de 2003.
Contaminación lumínica (1-10):	10.
Objeto:	Tráiler.
Magnitud:	12 metros.
Tamaño:	Enorme.
Constelación:	Estorbo.
Hora local:	10:00 a.m.
Equipo:	Ninguno.

Observación:

Notas:

Se estacionó en el parque bloqueando toda la vista. En la cabina de chofer duerme un señor; en las mañanas sale. Me había prometido subir a la azotea de noche con el telescopio, pero siempre está nublado. Hice el intento. Tampoco pude ver nada. Tal vez debería buscar otra cosa que hacer.

Historia del tiempo fue por mucho la mejor de todas mis lecturas en aquellos días, no solamente porque mi investigación sobre el tiempo en los anillos de los árboles había fracasado rotundamente; también porque era una lectura fundamental para entender mejor el búnker (dijo mi Hermano(H)). Un día que pasó de visita le conté que si una estrella muere, su último destello puede tardar ocho mil millones de años en llegar a nosotros.

Eso todo mundo lo sabe, Vero.

Ya no le dije que lo verdaderamente alucinante es que el pasado, al parecer, no desaparece, se queda ahí flotando en algún lugar y no deja de reconfigurarse. No es, necesariamente, lo que está en nuestra memoria. Por lo tanto el tiempo tampoco es esa cosa lineal que todos pensamos; todo está hecho bolas. Lo raro es que los científicos pueden investigar un pasado tan remoto como el del origen del Universo(U), pero las cosas aquí en el planeta Tierra no van para atrás. Para ir hacia atrás solamente tenemos los telescopios y los libros, y tal vez también los árboles. De otra manera no hay retorno, aunque a veces parezca que sí, que volvemos a empezar, que la vida nos escupe frente a la terrorífica maestra de tercero de primaria.

7 de octubre de 1976

Marisa:

Quisiera ponerle el cielo o el mar o la noche a esta carta. Te escribo sólo unas líneas para proponerte que nos encontremos el 29 de octubre. ¿Te parece bien? Tú dime el lugar y la hora. Si estás en Cuautla no importa, puedo ir allá. Podemos vernos aunque sea un momento en algún parque, en una iglesia o donde quieras. Prometo no distraerte demasiado. Nadie se ha dado cuenta. Contéstame pronto, apenas da tiempo. Beso.

S.

Esta es la primera carta de S. que restauré. Estaba escrita en un papel azul así que fue fácil reconocer los pedazos y encontrar su lugar exacto.

En sus ratos libres, mi Hermano(H) ha estado trabajando en otro documental. Él dice que es un juego nomás, un experimento. Está obsesionado con el alto contraste, con cómo una imagen pierde definición y se vuelve abstracta al convertirla en dos tonos. Hace pruebas con pequeñísimos extractos reencuadrados de los documentales en los que ha trabajado. El acercamiento vuelve a las imágenes irreconocibles. Pura mancha. Nunca le ha mostrado nada a nadie. Ni siquiera a mí. Dice que no hay prisa. A veces me cuenta esas cosas. También me dijo que está escribiendo el guión; será una voz en *off* que reflexione sobre la geografía. Quiere describir esos altos contrastes como si fueran mapas encontrados, ciudades de pixeles e islas de bits que se esconden en la memoria de las computadoras.

22 de octubre

Querida Verónica:
Estoy sintiendo un antojo enorme de pozole verde.
En Estados Unidos no hay pozole verde; y en
México no hay *General Chicken*, que me encanta.

A.

¡Por fin!

Cuando llegué a su casa
Alonso(A) estaba tirado en el sillón de la sala
viendo una película

me juré no recordar cuál
porque era un churro

fue tan anticlimático que en mi memoria se volvió perfecto
los dos ahí sentados, uno al lado del otro
sin aspavientos

volteamos

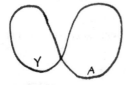
  me acerqué

me besó el cuello

sentí su respiración

la piel se me puso chinita y me dio risa

le mordí el cuello

también le dio risa

nos hicimos bolas

nos caímos del sillón

el suelo estaba muy frío

brrrrrrrrrrrrrrrrrrrr

pegué un grito

me levanté como resorte

corrí hasta a su recámara

sus ojos sobre los míos

su peso sobre mí

sus ojos sobre los míos
su peso

me atraviesa

cerramos los ojos sólo un segundo
los dos

el tiempo ya no existe

Tordo(t) me enseñó carambola porque el *pool* era un juego menor. Le parecía refinada, casi un acto artístico. El golpe que dirige las bolas hacia las buchacas es demasiado elemental, dice, subestimándolo. Parece que lo escucho. En la carambola hay que dibujar una figura triangular dentro de un rectángulo (la mesa) con el recorrido de una bola. Si la figura es perfecta, logra pegarle a otras dos bolas. Una le pega a otras dos en el mismo trayecto. El juego de tres bandas. Pura coincidencia matemática. Esto es el *inframince*, concluye. La carambola, que también se conoce como billar francés, era la segunda señal de que algo andaba mal... y tampoco la vi.

No llegó. Ni a la sala de espera, ni al abordaje, ni a la ventanilla.

Alonso(A) no llegó.

No lloré. Quería, pero no pude.

Sólo me dieron ganas de vomitar.

El suyo era el único asiento vacío en todo el avión.

Pasé mucho frío porque la azafata nunca me trajo una cobija.

Día uno: Arribo a El Calafate. Los de la excursión somos los únicos en un hotel gigantesco. La guía dijo que el glaciar Perito Moreno, donde estábamos, forma parte del hielo continental patagónico y que se extiende unos diecisiete mil kilómetros. Yo(y) no podía dejar de preguntarme si debajo de esos enormes trozos de hielo también habrá desaparecidos, y si un buen día el calentamiento global terminará por sacarlos a la luz.

Día dos: Upsala & Onelli. Más glaciares. La guía estaba inspirada, habló de los "testigos de hielo". Una muestra cilíndrica de varios kilómetros de longitud (producto de una perforación) en la que son visibles las distintas capas de nieve que se acumulan en cada temporada. Es una forma de hacer arqueología con el hielo. Quise preguntarle si era parecido a lo que pasa en los anillos de los árboles, pero tenía las amígdalas muy inflamadas.

Día tres: Ushuaia. Desde el avión, el hielo patagónico parece un desierto semiazul: dunas de agua congelada. Llegamos a Ushuaia al atardecer. El frío es muy húmedo y me cala hasta los huesos. Creo que tuve calentura toda la noche porque desperté sudando.

Día cuatro: Me separé del grupo (no fui al Parque Nacional Tierra del Fuego) para buscar un café internet.

Ni un solo correo de Alonso(A). Puta madre.

La ciudad tiene un extraño aire holandés, casi ridículo. Entré en un restaurante y pedí el favorito de Mamá(M): submarino (una barra de chocolate metida en una taza de leche muy caliente). Después regresé al hotel y me metí en la cama el resto del día.

Día cinco: Fin del mundo. La guía se compadeció de mí y me ofreció pasar a una farmacia, pero estaba cerrada. Antes de subir al barco nos mostró un cartel cerca de la orilla que decía: Ushuaia. Fin del mundo. Todos se turnaron para tomarse una foto. Yo(Y) no quise, pero me ofrecí de fotógrafa.

Por alguna razón pensé que al cruzar ese límite entendería algo. Pero resulta que el famoso *Faro del fin del mundo* no es el *Faro del fin del mundo*. El bote te lleva al *Faro Les Eclaireurs* (*Los Exploradores*), que es mucho más cerca, pero igual le llaman Faro del fin del mundo y no te enteras de que es el *Faro Los Exploradores* hasta que estás ahí, frente a la pequeña isla. El nombre verdadero del *Faro del fin del mundo* es *Faro de San Juan de Salvamento* y ningún bote turístico llega porque sus instalaciones las utiliza el Servicio Nacional de Hidrografía Naval de la Argentina. *El Faro del fin del mundo* no existe y, en realidad, es el título de una novela de Julio Verne, dice la guía. Qué desfachatez. Lo más patético es que el barco da vuelta en U en el supuesto fin del mundo y regresa como si nada.

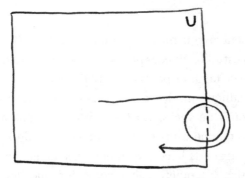

Yo(y) pensaba que "El fin" podía ser un salvavidas. Quería echar anclas ahí. Pero de una u otra forma se las arregla para regresar al principio, a algún principio.

Me encuentro con nuestro álbum de fotografías sobre la mesa del estudio. A veces pienso que si un objeto del búnker se mueve de lugar es porque quiere decirme algo. Me siento a verlo, aunque me lo sé de memoria. He buscado pistas ahí millones de veces. En las últimas páginas ahora hay imágenes que no estaban la última vez… Caigo en cuenta de que se trata de la colección que traje de la habitación de Marisa(M_x). No quiero saber cómo fue que llegaron ahí. Pero sí quisiera decodificar el mensaje o algún día terminaré igual: un agujero recortado de algún lugar.

Es extraño llegar a un lugar que se corresponde contigo, pero al que no perteneces. Reconocer una calle en la que no creciste. Dormir, comer, bañarte en una casa que debió quedar a la vuelta de la tuya. Deambular por un barrio en el que no jugaste. Conversar con gente a la que no conociste. Encontrar un hueco justo de tu tamaño, pero no poder llenarlo. Mi Hermano(H) había llegado esa mañana directo a Córdoba. La casa de la Abuela(A$_B$) no ha cambiado nada, me advirtió al abrir la puerta. Está todo más viejo, eso sí, incluida ella. Más lleno de polvo.

El parecido con el búnker es aterrador, continúa mientras deshago la maleta. Es una especie de sucursal en el Cono Sur, insiste.

En las paredes del baño hay colonias de hormigas y arañas pegadas al cemento porque las paredes nunca tuvieron azulejos. A un lado del comedor hay una caja de cartón gigante. Ahí venía la lavadora nueva (que le compramos la última vez que estuvimos aquí). Ahora funge como recolector de objetos innecesarios. Todo lo que no sirve o no sabe dónde poner está en esa caja. Hay marcas amarillentas de humedad en todas las paredes. Las suelas de los zapatos se quedan pegadas al piso de asbesto. Un viejo refrigerador en la cochera está habilitado como archivero con todos los papeles del abuelo. Mi abuelo murió cuando Yo(Y) tenía doce años. Fue inesperado, Mamá(M) no alcanzó a despedirse. Ni siquiera lo vio antes de que lo enterraran. Todo huele a amoniaco por los meados de gato. Son tres viviendo en la casa: *Mishina*, *Perlita* y *Alelí*. Y otros siete u ocho más que van y vienen; nunca entran pero siempre tienen comida en el patio. La casa de la Abuela(A$_B$) está definitivamente inacabada, como todo en mi vida.

30 de diciembre

Solona:

Le rofa led nif led domun se un moti…

V.

Mi Abuela(A_B) es hipocondriaca y distraída. Duermo con ella. Su cama cruje. La escucho levantarse al baño varias veces en la madrugada. Cada vez que se pone de pie o ronca –ronca muy fuerte– parece que la base de madera se va a desfondar. También duerme la siesta. Sus siestas son cada vez más largas. De hecho, duerme todo el tiempo. Pienso que si cada día se queda acostada diez segundos más un buen día no va a despertar. Yo(Y) no puedo dormir si afuera hay sol, me aterra. Mi Hermano(H) está en la habitación que fue de Mamá(M). Dice que en el colchón de su cama no se puede dormir, sólo naufragar. Cuando está despierta, la Abuela(A_B) da muchas vueltas. Las horas se le escapan sin que se dé cuenta. Se le hace tarde para el taller de tejido y se queda en casa. Se le hace tarde para hacerse teñir el cabello y lo deja para otro momento. No es abandono, dice mi Hermano(H), es una suerte de evasión. Y todos sus sinónimos: *eludir... esquivar, escapar, desertar... fugarse, escabullirse, desdibujarse... Desaparecer,* le digo con una voz ronca que todavía desconozco. Desaparecer, repite mi Hermano(H).

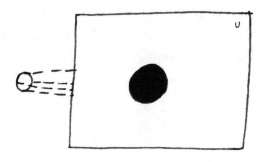

"Polvo esparcido en el aire." El manual del telescopio dice que eso significa S. No creo que él estuviera pensándolo cuando eligió su seudónimo, pero igual se esfumó.

Hacíamos cuatro huevos estrellados, retoma, por fin, la Abuela(A_B). Dos para mí y dos para tu abuelo. Tu Mamá(M) comía dos huevos duros. En cada desayuno se iba media docena. Pero se los comprábamos a una vecina que tenía gallinas en el patio y los vendía a muy buen precio. Ahora hay que comprar todo en el supermercado, ya nadie tiene gallinas en el patio. Voy a un local pequeño que está acá a la vuelta, hay tiendas enormes donde conviene hacer la compra porque sale más económica, pero no tengo cómo ir y un taxi es muy caro, así que voy nomás a la que está acá cerca; ahora cambiaron al muchacho que atiende y el nuevo no es tan hacendoso... La Abuela(A_B) le pone litros de Chuker a su mate cocido mientras me cuenta. El Chuker es una especie de sacarina líquida que sabe horrible.

Otra pesadilla: Alonso(A) me envía un correo electrónico. No puedo leerlo. Está escrito en una lengua cobarde e indescifrable. Despierto tratando de recordar qué decía, pero ya no importa.

Los árboles del jardín del abuelo están secos. Cuando veníamos de visita comíamos duraznos y ciruelas. A la hora de la comida Yo(y) salía a recoger algún limón del suelo para aliñar la ensalada. A la tumba de mi abuelo fui solamente una vez. El foco de la cocina tiene un falso −y a mi Hermano(h) le vuelve loco− pero nadie hace nada. Es una tumba al ras del suelo. El control de la televisión no tiene pilas desde la última vez que vinimos. Mi Hermano(h) y Yo(y) hemos pensado en comprar unas, pero todavía no hemos ido... La tumba tiene una placa pequeña con su nombre y a un lado hay un pequeño agujero para poner flores. ¿Cuándo fue la última vez que estuvimos aquí, en Argentina? En 1993, me dice mi Hermano(h). ¿Y qué año es este? 2003.

Imagino un plan para escapar ilesa de esta historia:

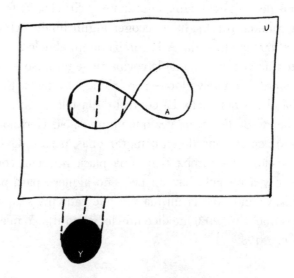

¡Es idéntica a Coty!, cuchichean las amigas de la Abuela(A_B) en la casa de la cultura del barrio. La Abuela(A_B) logró estar lista a tiempo, así que fuimos los tres a una función de baile regional. Coty es mi Mamá(M). Se pronuncia acentuando la *y griega*: "Cotý". Nunca pregunté por qué le dicen así. No sé si están conscientes de que es una marca de perfume. Suplantaron conmigo la imagen de Mamá(M) que les hace falta. No me veían a mí sino a Coty, incluso mi Abuela(A_B). Una tribu a la que le basta con llenar los huecos. En mi Hermano(H) todos ven al abuelo. Hay una suerte de superposición temporal. Nosotros somos el pasado. Ellos no cambiaron. Y los perfumes tienden a evaporarse. Creo que todo mundo tiene más de un rol en la vida; Yo(Y) me reconozco en el de varios, pero no logro conseguir el papel que quiero.

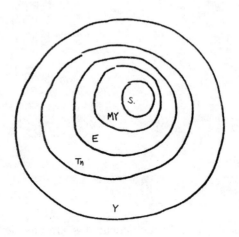

Yo(Y) estaba mirando a través del telescopio de Marisa ($\mathrm{M_x}$). El telescopio estaba dentro del baño y había poco espacio, pero Alonso(A) igual se acercó a ver por la mirilla. Luego se me quedó viendo incrédulo. Supongo que le parecía extraño que enfocara grietas y manchas de pintura en la pared de enfrente, pero Yo(Y) suponía que su madre había dejado el telescopio ahí por alguna razón y quería descubrir por qué. Ese fue nuestro primer encuentro.

Cuando era niña quería ser astronauta o al menos astrónoma, dije, pero terminé estudiando artes visuales porque no entiendo nada de física. ¿Tú no terminaste estudiando algo muy distinto de lo que soñabas cuando eras niño? Y ahí me detuve.

¿Cómo es que esas fueron mis palabras de presentación?, no lo sé.

Finalmente alcé los hombros desilusionada porque mi pregunta claramente no venía al caso. Tenía que haber empezado con un: "Hola. Soy Verónica", o algo así. Aunque fue él quien se apareció de repente en el baño; le tocaba

empezar con un: "Hola. Soy Alonso(A), ¿tú eres Verónica?"
Pero hubiera quedado como un tonto, era obvio que él era él
y que la que estaba ahí sentada en la orilla de la tina viendo
por el telescopio era Yo(Y).

Pero lo más extraño del búnker era cuando todo estaba en calma. El silencio absoluto solía ser presagio de catástrofe.

La escalera que el abuelo construyó en la sala no lleva a ningún lugar. Ni siquiera se puede subir, la Abuela(A_B) puso un mueble grande para aprovechar el espacio. Me estremece pasar por ahí. Arriba tendría que haber un segundo piso. Mi Hermano(H) y Yo(Y) tendríamos que vivir, no a la vuelta, sino en el piso de arriba. Pero Mamá(M) se fue. Mi Abuela(A_B) dice que el abuelo intentó detenerla, pero no pudo; Mamá(M) y papá se subieron al avión el 24 de marzo de 1976. Nunca vivimos en esta casa que nunca se terminó de construir y a la que nunca le hicieron un segundo piso. Nunca, nunca, nunca. Tres veces nunca. La escalera del fin del mundo, pensé, esta sí.

¿Qué es un Tordo(T)?

Uno de esos pájaros de ciudad que parecen ratas, pero con alas.

¿Y por qué te dicen así?

…

¿No me vas a contar?

Es una pendejada…

Pues sí, ¿conoces a alguien con un apodo que no sea una pendejada?

Bueno… pues porque desde los doce años tengo el pelo "jaspeado".

¿Así como ahora?

Ahora está más parejo, grisáceo; antes era blanco y negro, y se veía raro.

¡Eras un niño canoso! ¿Y por eso no tienes fotos de cuando eras chico?

Sí tengo.

¿Algún día me las vas a mostrar?

A los pies de mi cama apareció una bola de alambres oxidados con un rastro de tierra que terminaba en la ventana. Supuse que *Nuar* lo había traído de afuera. Al día siguiente me dejó una franela roja llena de grasa de coche. Pistas que no tengo idea de cómo decodificar. El tercer día apareció una liga de hule rota. El cuarto, una ramita seca. El quinto, un ala de mariposa negra. El sexto no trajo nada. El séptimo, un pájaro muerto.

La casita de la Abuela(A_B) está suspendida en el tiempo. También se estancó en el momento en que mis abuelos dejaron de ver a Mamá(M). La casita del barrio Iponá y el búnker: un par de espejos encontrados. El reflejo se hace infinito. Y el infinito es un conjunto eternamente vacío.

¿Cómo se deshace un secreto?

31 de diciembre

Solona:
　Le
　mora
　presiem
　son
　tramuesde
　al
　dadrilacucir
　led
　domun,

V.

HOJA DE OBSERVACIÓN II

LOCALIZACIÓN: No identificada.

FECHA: 10 de enero de 2004.

CONTAMINACIÓN LUMÍNICA (1-10): 0.

OBJETO: No identificado.

MAGNITUD: No identificada.

HORA LOCAL: 11:00 pm.

EQUIPO: Telescopio.

OBSERVACIÓN:

NOTAS:

La observación arriba muestra un neutrino. Ese tipo de partículas subatómicas, sin carga ni espín y con una masa menor a la de un electrón, que atraviesan la materia sin perturbarla. En otras palabras, se trata de una partícula fantasma.

Nadie contestó. Toqué el timbre de nuevo. Varias veces, de hecho. Creí ver una sombra tras las cortinas pero nadie me abrió. Esperé casi dos horas sentada en la puerta. Nada. Volví al día siguiente: un cartel colgaba de la ventana de la habitación de Alonso(a): "Se vende".

Tal vez Mamá(M) es un testigo de hielo.
O un árbol.
Los árboles no se mueven de lugar.

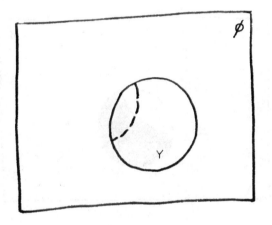

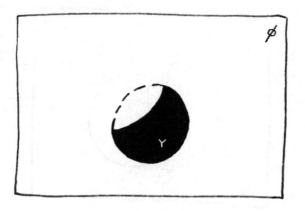

Argentina está muy lejos, otra vez.

Ni bien dejamos las maletas en la entrada del búnker, se escuchan ruidos en la cocina.

Mi Hermano(H) y Yo(Y) resoplamos al unísono.

Me asomo, le hago señas para que venga a ver.

Nos miramos.

Cómplices.

Escépticos.

Es el ruido de la escoba y el recogedor.

¿Mamá(M)?

Está barriendo una taza de café rota.

En un pedazo se lee:

STILL

Los demás fragmentos son ilegibles.

Y si no empieza y no termina, ¿entonces qué?

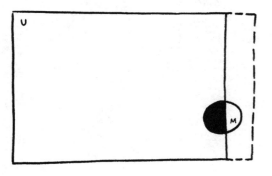

Im dorique Solona:
¡Plaf!

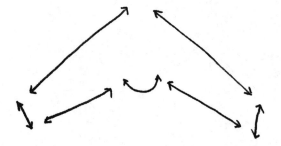

AGRADECIMIENTOS

Infinitos al Premio Aura Estrada y Francisco Goldman. A Ucross Foundation, Ex Hacienda de Guadalupe, Oaxaca y Ledig House por el espacio y el tiempo para escribir. A Guillermo Espinosa Estrada, Juan Pablo Anaya, Luis Carlos Hurtado, Elisa Navarro, José Aurelio Vargas y Néstor García Canclini por sus lecturas y comentarios a los múltiples borradores.

Parte de este libro se escribió con la beca Jóvenes Creadores del Fonca 2012-2013, primer periodo, bajo la tutoría de Jorge F. Hernández.

Algunos dibujos son homenajes a: página 48, Cy Twombly; página 114, Ulises Carrión; página 115, Alghiero Boetti; página 116, Jacques Calonne; página 116, Marcel Broodthaers; página 116, Carlfriederich Claus; página 117, Mirtha Dermisache; página 117, Roberto Altmann; página 118, Clemente Padín; página 119, Vicente Rojo; página 119, Carlos Amorales. Gracias también a todos ellos.

Verónica Gerber Bicecci (Ciudad de México, 1981) artista visual que escribe. En 2010 publicó *Mudanza* (Auieo/Taller Ditoria), libro de ensayos que narra la transformación de cinco escritores en artistas visuales. Ha expuesto individual y colectivamente en el Museo de la Ciudad de México, el Museo Experimental el Eco, el Centro Cultural de España y el Museo Universitario de Arte Contemporáneo (MUAC), entre otros. Egresada de la licenciatura en artes plásticas de la ENPEG, La Esmeralda, y de la Maestría en Historia del Arte de la UNAM. Es editora en la cooperativa Tumbona Ediciones. En 2013, *Conjunto vacío* recibió el Premio Aura Estrada, decisión unánime del jurado conformado por Alejandro Zambra, Vivian Abenshushan, Guadalupe Nettel, Gabriela Jáuregui y Álvaro Enrigue. En 2014 recibió una mención honorífica en el Concurso Nacional de Ensayo sobre Fotografía, organizado por el Centro de la Imagen.

Títulos en Narrativa

LOS TRANSPARENTES
BUENOS DÍAS, CAMARADAS
Ondjaki

PUERTA AL INFIERNO
Stefan Kiesbye

EL APOCALIPSIS (TODO INCLUIDO)
¿HAY VIDA EN LA TIERRA?
LOS CULPABLES
LLAMADAS DE ÁMSTERDAM
Juan Villoro

DISTANCIA DE RESCATE
PÁJAROS EN LA BOCA
Samanta Schweblin

MAR NEGRO
DEMONIA
LOS NIÑOS DE PAJA
Bernardo Esquinca

EL HOMBRE NACIDO EN DANZIG
MARIANA CONSTRICTOR
¿TE VERÉ EN EL DESAYUNO?
Guillermo Fadanelli

BARROCO TROPICAL
José Eduardo Agualusa

EMMA
EL TIEMPO APREMIA
POESÍA ERAS TÚ
Francisco Hinojosa

EL HIJO DE MÍSTER PLAYA
Mónica Maristain

HORMIGAS ROJAS
Pergentino José

POR AMOR AL DÓLAR
REVÓLVER DE OJOS AMARILLOS
CUARTOS PARA GENTE SOLA
J. M. Servín

Títulos en Ensayo

UNA HISTORIA DE LA LECTURA
LA CIUDAD DE LAS PALABRAS
Alberto Manguel

UNA CERVEZA DE NOMBRE DERROTA
EL ARTE DE MENTIR
Eusebio Ruvalcaba

LA FRAGILIDAD DEL CAMPAMENTO
L. M. Oliveira

EL IDEALISTA Y EL PERRO
INSOLENCIA, LITERATURA Y MUNDO
EN BUSCA DE UN LUGAR HABITABLE
Guillermo Fadanelli

LA MEXICANIDAD: FIESTA Y RITO
LA GRAMÁTICA DEL TIEMPO
Leonardo da Jandra

EL LIBRO DE LAS EXPLICACIONES
Tedi López Mills

CUANDO LA MUERTE SE APROXIMA
Arnoldo Kraus

ÍCARO
Sergio Pitol

ARTE Y OLVIDO DEL TERREMOTO
Ignacio Padilla

EL ARTE DE PERDURAR
Hugo Hiriart

LA OTRA RAZA CÓSMICA
José Vasconcelos

PUNKS DE BOUTIQUE
Camille de Toledo